U0163925

兒童文學與書目（二）

林文寶　著

張晏瑞　主編

自序

　　有關書目的研究與蒐集，雖然有所謂目錄學，但目前似乎不受重視。個人自一九七一年踏入師專執教，一九八四年開始講授兒童文學，當時的兒童文學，是一片有待開發的場域，於是個人即著手收集有關的論述與文本的書目。

　　正式將兒童文學有關書目書寫，並刊登發表，或始於一九八三年四月《海洋兒童文學》第一期，篇名〈好書書目──兒童文學入門必讀〉。距離踏入師專已超過十年，這是個人學術生涯的另次轉向。

　　到師專任教，就學術研究而言，最大的受益是社會科學為我開啟科學性研究的另一扇窗。一般而言，人文學科的論述以敘事、演繹為主；而社會科學的論述則以實證、歸納為主。七〇年代中期教育學引進所謂教育研究方法的新取向，亦即所謂質的研究法，這種質的研究法，其實就是從量化轉質化的敘事方向。

　　傳統的中文系統，缺乏研究方法的訓練，當時社會科學研究方法使我打通了人文學科與社會科學的通道。其中參考文獻的書寫最為明顯，也讓我開始對殖民文化的自覺。

　　個人在七〇年代研究論著中的參考文獻，皆缺乏出版年、月的概念。直至八〇年代起始有出版年、月的概念，無奈又發現現行中文學術論著中的參考文獻中只記年不記月，我們在接受現代化與多元文化的過程中，時常以改變基因為首要之務，也因此沒有了歷史與記憶。在七〇年的反省語細芻過程中，難忘的是陳伯璋《教育研究方法的新取向》（南宏圖書公司，1990年3月）一書對我在研究方法的啟蒙；同

時也驚訝《中華民國兒童圖書目錄》（正中書局，1957年11月）中對書目的編列方式（二書書影如下）。

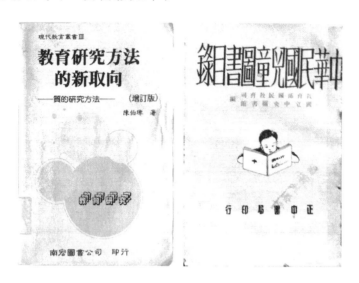

《海洋兒童文學》是我正式踏入社會服務的學術活動。每期除〈兒童讀物超級市場〉專欄外，並有一篇論述。為不使作者重複出現，〈兒童讀物超級市場〉撰文皆署名江辛。

《東師語文學刊》則是接掌語文教育系後，發行的學術年刊，當然每期也有年度書目。

至於《兒童文學學刊》，則是一九九七年兒童文學研究所設立後的學術刊物。

三個時期的書目書寫，同中有異。其同皆是為兒童文學的學術砌磚，也就是為兒童文學學術研究留下資料，以供研究者取用；其異則是呈現各時期的不同書寫方式。且因篇幅多，分為三冊印行。

個人在書目收錄過程中，是以「眼見」為憑，且以個人購買為主。而所有年度書目書寫中，亦有發表於其他刊物者，如下列二表所示：

其他雜誌刊登目錄

	文章	出處	頁數	出版年月
1	1995年度兒童文學書目	臺北市立圖書館館訊季刊十三卷三期	115-122	1996年3月15日
2	1997年兒童文學紀要	出版界第54期	35-41	1998年5月25日
3	溫馨的童話——1989年兒童文學的創作與活動	文訊第164期	43-50	1999年6月
4	回首1999年——臺灣兒童文學的創作與活動	第七屆師院創作集《阿德歷險記》	311-324	2000年6月
5	1999年臺灣兒童讀物出版概況	兒童文學家季刊26期	34-36	2000年7月

《臺灣文學年鑑》中有關兒童文學者

年鑑年度別	文章	作者	頁數	執行製作	出版年月
1997	兒童文學的創作、活動教學與研究	林文寶	頁40-49	文訊雜誌社	1998年6月
	兒童文學書目錄	林文寶	頁264-268		
1998	臺東大學兒童文學研究所	林積萍	頁198	文訊雜誌社	1999年6月
	兒童文學的創作與活動	林文寶	頁40-48		
	兒童文學書目錄	林文寶	頁239-243		
1999	兒童文學的創作與活動	林文寶	頁48-53	文訊雜誌社	2000年10月

年鑑年度別	文章	作者	頁數	執行製作	出版年月
	兒童文學書目錄	林文寶	頁262-270		
2000	臺灣兒童文學論述、創作及翻譯書目	林文寶 嚴淑女	頁76-90	前瞻公關股份有限公司	2002年4月
2001	橫看成嶺側成峰——2001年臺灣兒童文學觀察紀實	邱各容	頁121-122	靜宜大學	2003年4月
	2001年兒童文學書目	編輯部	頁201-220		
2002	安徒生在臺灣	林文寶 蔡正雄	頁93-99	靜宜大學	2003年9月
	2002年兒童文學新書出版要目	編輯部	頁236-243		
2003	2003年兒童文學新書出版要目	編輯部	頁207-210	靜宜大學	2004年8月
2004	2004年臺灣兒童文學概況	林文寶 王宇清	頁81-85	靜宜大學	2005年7月
	2004年兒童文學新書出版要目	資料處理中心	頁178-190		
2005	臺灣兒童文學概述	徐錦成	頁82-92	國家臺灣文學籌備處	2006年10月
	兒童文學書目	林文寶提供，文學館編輯整理	頁195-201		
2006	臺灣兒童文學概述	徐錦成	頁83-89	國立臺灣文學館	2007年12月

年鑑年度別	文章	作者	頁數	執行製作	出版年月
	兒童文學新書分類選目	林文寶提供，文學館編輯整理	頁227-238		
2008	臺灣兒童文學創作概述	許建崑	頁64-69	國立臺灣文學館	2009年12月
	臺灣兒童文學研究概述	邱各容	頁87-91		
	兒童文學新書分類選目概述	林文寶 陳玉金	頁212-214		
	兒童文學新書分類選目	林文寶提供 文學館編輯整理	頁215-227		

　　其間，臺灣文學館年度臺灣文學年鑑，自一九九七到二〇〇八年的兒童文學書目，除二〇〇一到二〇〇三年外，皆由個人所提供。而個人有關兒童文學書目的收錄皆止於二〇〇九年（筆者於二〇〇九年一月三十一日自臺東大學兒童文學研究所退休）。

　　個人除年度書目外，亦有各種專題型的書目，這些書目皆已收錄於個人的「兒童文學叢刊」系列著作中。除外，並有獨立刊行者如：《語文科教學參考資料彙編》、《「臺灣地區1945-1998年兒童文學一百本評選活動」候選書目》、《臺灣兒童文學100（1945-1998）》、《彩繪兒童又十年》、《2007臺灣兒童文學年鑑》、《臺灣原住民圖畫書50》、《臺灣兒童圖畫書精彩100》等七本（書影如下）。

1998年

1999年

2000年3月

2000年6月

2008年6月

2011年8月

2011年12月

　　有關年度書目書寫，刊登於前述三個刊物者為正文。如今有機會收錄成書，並將各期刊物封面置列於文章前面，這些刊物曾是我盡心盡力的場域，所謂敝帚自珍是也，煩請見諒。

　　又，年度書目撰寫的署名，雖然有各種不同署名方式，基本上書目皆是我所提供。自一九八七年以後，無論並列署名者或獨自署名，皆有不同時期助理協助，年度書目書寫得以持續進行，於此特別感謝各時期的助理們。

目次

好書書目──兒童文學入門必讀

一　書影

二　理論

1.《兒童文學》　林守為編著　自印本　1964年3月

2.《兒童文學研究》　吳鼎編著　臺灣教育輔導月刊社　1965年3月
　1980年改由遠流出版社出版

3.《兒童讀物的寫作》　林守為著　自印本　1969年4月

4.《談兒童文學》　鄭蕤著　光啟出版社　1969年

5.《兒童文學》　文致出版社　1972年3月

6.《師專兒童文學研究》　葛琳編著　中華出版社　1973年2月

7.《兒童文學論》許義宗著　臺北師專　1977年

8.《兒童的文學教育》　王萬清著　東益出版社　1977年10月

9.《兒童文學的認識與鑑賞》　傅林統著　作文出版社　1979年10月

10.《兒童文學──創作與欣賞》　葛琳著　康橋出版社　1980年7月

11.《兒童文學與兒童圖書館》　高錦雪著　學藝出版社　1981年9月

12.《國語及兒童文學研究》　臺中師專　1966年12月

13.《兒童讀物研究一、二輯》　小學生雜誌社　1965年4月

14.《兒童文學研究一、二集》　中國語文月刊社　1974年

15.《淺語的藝術》　林良著　國語日報社　1976年7月

16.《兒童文學創作選評》　曾信雄著　國語日報社　1973年10月

17.《兒童文學析賞》　林守為著　作文出版社　1980年9月

18.《兒童文學的新境界》　邱阿塗著　作文出版社　1981年2月

19.《世界文學名著的小故事》　張劍鳴譯　國語日報社　1977年12月

20.《「世界兒童文學名著」欣賞》　國語日報社　1972年9月

21.《我國兒童文學的演進與展望》　許義宗著　臺北市師專　1976年
　12月

22.《兒童文學評論集》　馮輝岳著　自印本　1982年11月

23.《西洋兒童文學史》　許義宗著　臺北市師專　1978年6月

24.《西洋兒童文學史》　葉詠琍著　東大圖書公司　1982年12月

25.《兒童文學論著索引》　馬景賢編著　書評書目出版社　1975年1月

26.《文藝書簡》　趙友培　重光文藝出版社　1976年2月增九版

27.《文學與生活（一、二）》　李辰冬著　水牛出版社　1971年1月

28.《文學概論》　王夢鷗　帕米爾出版社　1964年9月

三　教育

1.《兒童發展與輔導》　賈馥茗著　臺灣書店　1967年10月

2.《發展心理學》（原書包括兒童心理學、青少年心理學、成人心理學三部分，另有平裝分冊印行）　赫洛克原著　胡海國編譯　華新出版社　1980年9月

3.《幼兒教育法》（包括蒙特梭利「幼兒教育法」　波多野勤子「幼兒管教法」）　劉焜輝譯　漢文書店　1975年4月

4.《教育與藝術》　Herbert Read 著　呂廷和譯　自印本　1973年11月新版改由雄獅圖書公司出版　易名為「透過藝術的教育」

5.《才能啟發自零歲起》　鈴木鎮一著　邵義強譯　文智出版社出版

6.《怎樣和孩子遊戲》　Athina Aston 原著　王麗譯　婦女雜誌社　1975年7月

7.《創造思考與情意的教學》　陳英豪等編著　復文圖書出版社　1980年11月

8.《如何與你的孩子遊戲》　亞諾著　劉寧、林一真合譯　眾成出版社　1976年10月

9.《兒童遊戲》　何諾德原著　林美惠、謝光進合譯　長橋出版社　1980年11月

10.《啟發兒童發展的遊戲》　徐澄清、李心瑩編著　健康世界雜誌社　1978年8月

11.《因材施教》

12.《小時了了》

13.《只要我長大》

14.《何處是兒家》

　　以上四書皆由徐澄清口述、徐梅屏撰文　健康世界雜誌社出版　與啟發兒童發展的遊戲合稱「兒童發展與心理衛生叢書」

15.《一代要比一代好》　張水金主編　時報出版社　1980年2月

16.《關心您的孩子》　何立武編著　中視出版部　1980年2月

17.《國語問題》　艾偉著　臺灣中華書局　1965年12月4日

18.《兒童之語言與思想》　張耀翔編著　臺灣中華書局　1968年臺二版

19.《兒童閱讀研究》　許義宗著　臺北市師專　1977年6月

20.《我國兒童讀物市場之調查分析》　楊孝濚撰　慈恩出版社　1979年12月

21.《卅年來我國兒童讀物出版量之研究》　余淑姬著　啟元文化事業股份有限公司　1981年8月

22.《國音標準彙編》　臺灣省國語推行委員會　臺灣開明書店　1952年6月台一版

23.《國民學校常用字彙研究》　國立編譯館主編　臺灣中華書局　1967年10月

24.《常用國字標準字體表》　教育部印　1982年6月20日

25.《新聞常用字之整理》　羊汝德著　臺北市新聞記者公會新聞叢書第二十冊　1970年9月

26.《全國兒童圖書目錄》　國立中央圖書館臺灣分館編印　1977年6月

四　單篇論文

1.〈兒童文學製作之理論〉　林文寶　見1975年4月《臺東師專學報》第3期　頁1-32
2.〈臺灣省兒童閱讀興趣發展之調查研究〉　葉可玉　見《國立政治大學學報》第16期　頁305-361　1963年
3.〈中華兒童叢書價值內容分析〉　吳英長　見《臺東師專學報》第9期　頁189-264　1981年4月
4.〈寓言、神話、傳說和民間故事〉　林鍾隆　見《中國語文月刊》第305期　1982年11月

五　雜誌

1.《國語日報兒童文學週刊》（已出版五輯合訂本）
2.《中國語文月刊》
3.《青少年兒童福利學刊》　臺北市青少年兒童福利學會出版

兒童讀物超級市場

1983年1-3月

一　書影

　　關於書目的介紹，在成人的世界裡，近來頗為流行。一九七九年有胡建雄編的《好書書目》，一九八三年又增訂再版。至於新書在雜誌上的介紹，似乎始於周浩正主持臺灣時報副刊時，由應鳳凰負責，當時的專欄名稱是「出版街」。而後自立晚報有「出版月報」，由鍾麗慧、應鳳凰聯合主持，對於讀書風氣的養成可說頗具影響。其間對於兒童讀物的介紹，雖不能說是付之「闕如」，但總覺有不被重視的感覺。因此本刊擬推出每四個月裡的新書介紹，名稱訂為「兒童讀物超級市場」，歡迎作者及各出版社提供著作，以便推介，來書請寄：臺東市常德路四十八號，林文寶轉交海洋兒童文學編輯收。

二　雜誌

小天使月刊

　　《小天使》月刊的誕生，可說是兒童雜誌中的一聲春雷。該雜誌非但印刷精美，更重要的是字體大，它是採用二十級字體印刷（楷書三號字），並且整本注音。創刊於一九八二年十月十日，二十八開本，目前已出五期。每期零售六十元，全年訂閱六○○元。發行人兼社長：洪文彥，總編輯：顏炳耀，社址：臺北忠孝東路四段三三三號鴻豪大廈十二樓之三。帳號：五五四四三三，帳戶：小天使雜誌社。

　　該雜誌社亦有出版叢書，至目前為止已出有：《二年級國語寫作指導》特價七十五元、《三年級國語寫作指導》特價七十五元、《兒童詩歌欣賞與指導》工本費八十元、《小天使賽車》特價七十五元、《小天使海狸》特價六十元、《美麗的童年》四十五元。

龍龍月刊

《龍龍》月刊挾著雷霆萬鈞的姿態創刊於一九八二年十二月，它是由百科文化事業公司發行。他們想要「為中國的青少年提供最完善的知識學習環境，以及鋪好一條寬廣成長的路，使下一代比這一代更好。」他們希望能提供一流品質、色香味俱全的精神食糧。該刊為十六開本，每期約有一六〇頁左右，印刷排版頗為講究，每期隨贈月曆海報一份。每期零售八十八元，全年訂閱八九〇元，該刊發行人：蔡陳保枝，總編輯：蔡焜霖，主編：楊俊昭。帳號：一三四三九二，帳戶：百科文化事業公司。

好兒童教育月刊

跟隨著一九八三年誕生的有《好兒童教育》月刊，該刊宣稱是全國最具特色的綜合性兒童有聲教育月刊。除雜誌外，另將全部的學習內容用錄音帶請專家詳盡說明。雜誌本身是二十四開，採由左到右的橫排。就目前兩期看來，實有待加強，尤其字體太小，更是不可原諒的事實。每期零售一五〇元，全年訂閱一五〇〇元。該刊發行人：林本立，社長兼總編輯：林金傳，社址：臺北市重慶南路一段十三號二樓。帳號：一〇四四四四，帳戶：林金傳。

三　圖書

中國童話（十一月、十二月）

一九八二年度裡兒童讀物界的大事，當首推《中國童話》的出版。《中國童話》在千呼萬喚的掌聲中，終於把「十二月的故事」出版了。《中國童話》的出版代表著一種香火的綿延與未來的展望。該

書宣稱它的誦讀對象是由五歲小童以至八十歲的長者。可是個人總認為它的字體如果能再大一些（原書印刷用的是十五級的字體，相等於楷書五號字），更是為千萬人造福不淺。除外，如果能在「給媽媽的話」裡，把每則故事的來源與出處略加註明，而不是目前的那種隨興偶有之，我想非但能增加其香火的綿延性，對好學者更有助益。又漢聲擬錄製「漢聲中國童話」錄音帶、「四月的故事」錄音帶配合兒童節於三月底寄出。一個月六卷共八一○元，亦可單卷購買。

童話列車（第一輯）

　　第二件大事，則是錦標出版社的《童話列車》。《童話列車》計三輯（動物王國、植物世界、科學奧秘），十六開十五本。第一輯「動物王國」從一九八二年十月起，每月一本，至一九八三年二月出齊。這是三套奇異有趣的書，每篇故事的後面，編者特地為孩子安排兩個節目。一個是「問題追蹤」，讓孩子們追蹤故事中蘊藏的知識。一個是「動腦時間」，讓孩子們根據所獲得的知識，作為向前探索和思考的活動。更難能可貴的是，每輯皆編有「媽媽手冊」一本，讓家長和老師參與孩子們的學習。該書無論編排、印刷、字體皆很講究。書名《童話列車》，當與漢聲《中國童話》相似，是取其通稱而已。事實上，《中國童話》其寫作筆法是屬「故事」形式，而《童話列車》也不以童話為主。《童話列車》可說是開拓兒童讀物的另種編著方向，我們同為他喝采，並且預祝其成功。該社地址：臺北市民權西路二十七號六樓，每冊定價六○○元。

公公和寶寶（四）、吳姐姐講歷史故事（五）

　　齊玉編著的《公公和寶寶》第四集也是最後的一集，在一九八二年十二月出版，仍由東大圖書公司出版。基本定價一元七角八分。帳

戶：一〇七一七五。又吳涵碧的《吳姐姐講歷史故事》第五集（隋末至唐初），也在一九八二年十二月三十日由中華日報出版部出版，定價一〇〇元，帳號：臺北二二五〇。以上兩書挾著以往信譽，皆頗受讚許。

國語日報新書六種

國語日報社一九八二年為耶誕節和新年準備的新書有六本，它們是：《小蜜蜂》、《小子立大功》、《超人學生》、《科學鼠》、《西域的故事》、《兒童文學週刊》第五輯。其間除兒童文學週刊第五輯外，皆屬翻譯（《小蜜蜂》是改寫作品），身執兒童讀物出版界牛耳的國語日報社，實在應該為「中國兒童文學」的建設，多盡一份心力。

灰狗公主

純文學出版社在一九八二年十一月也出版了一本李佳純翻譯的《灰狗公主》。它是東方式的「愛麗絲漫遊奇境記」，內容新穎動人，但總覺字體稍小些（原書用十五級字體）。

中國兒歌三百首（三冊）

在一片加強中小學詩歌朗誦教學聲中，新將軍出版公司的《中國兒歌三百首》三冊在一九八二年十一月應運而生。該書由謝武彰編選，洪義男繪圖。為了要普及一般大眾，沒有用彩色精印，但定價仍高達五四〇元。所選兒歌以表觀美感及情趣為重，並盡量保持詩的形式。兒歌是孩子們的詩，從其中可感受遊戲情趣，以及兒童語言。從事兒童詩歌創作者，理當有此認識，並進而從其中吸取營養。遺憾的是，本書並未說明編選資料的來源與出處。

九歌兒童書房第一集

隨著春節的來臨，也為兒童帶來了喜悅。即是九歌出版社「九歌兒童書房」第一集的出版。九歌本是出版文藝書籍，如今擬為兒童盡些心力，打算出版一系列的兒童書籍，第一集有：《五彩筆》（楊思諶著）、《小勇的故事》（楊小雲著）、《巧克力戰爭》（嶺月譯）、《中國名人故事》（蔡文甫著）。其中有三本是創作，這是一種可喜且令人振奮的現象。遺憾的是《巧克力戰爭》沒有說明譯作出處，可注意而不注意，令人嘆息。

自然追蹤四冊

至於非小說類，以新將軍出版的「自然追縱」二十五開四冊成績最好。「自然追縱」包括《小小昆蟲採集家》、《動物的心聲》、《奇特的植物》、《小小植物園》。前兩本圖文皆由楊平世執筆，後兩本由鄭元春執筆。這是楊、鄭兩先生在寫作一系列兒童科學讀物之後的另種突破。適合中、高年級閱讀，訂價六八〇元。帳號：一〇〇七四四，帳戶：新將軍出版公司。「自然追縱」帶領你走出教室，馳騁大自然，與動物為伴，聽蟲兒鳴叫，聞草木芬芳，它不但可作為兒童自然科學的入門讀物，也可作為自然課的參考書籍。

童謠探討與賞析、兒童文學評論集

在論述部分，有馮輝岳先生的《童謠探討與賞析》及《兒童文學評論集》。前者於一九八二年十月由國家出版社發行，特價八十元。歌謠研究乃源於民俗的觀點，如今能為創作者重視，這是可喜的現象。該書的構架與處理方式如能稍加嚴謹，成效會更大。至於後者，是作者從事兒童文學創作之餘，所寫的有關兒童文學的札記或書評。

其中以兒童詩歌為多。本書由中山學術文化基金董事會獎助出版。訂價六十元，郵政帳號：一五二六四五，帳戶：馮輝岳。

1983年4-7月

一　書影

四月初，對兒童來說，是值得興奮的日子。在四月裡，許多的團體，及各類的書報雜誌或出版社，都會獻上一些禮品給兒童。較大的好戲有：

中國大陸災胞救濟總會臺北兒童福利中心，於二日下午二時在該中心籃球場舉行園遊會。

一項兒童節萬入園遊會，於三日在青年公園舉行，同時舉辦徵文、攝影比賽、及兒童玩具、圖畫、食品展示。園遊會邀請李又麟、羅璧玲主持歌唱及遊藝節目。

臺中市「主人翁文化事業公司」，於四月四日提供「主人翁天地」作為兒童活動場所。

而屬於學術性的活動有：

洪建全基金會舉辦兒童文學週，展開多項特別活動。其中有邀請日本東京大學教育哲學系主任崛尾輝久主講「兒童的發現與兒童的權利」，日本山口子女子大學兒童文學講座教授主講「為什麼需要兒童文學、為什麼要寫兒童文學」，演講會分別在臺北市、高雄市、臺中市三地方舉行。並公布今年兒童文學獎：

第一名呂紹澄，作品「石城天使」；獎牌及獎金新臺幣五萬元。
第二名林方舟，作品「鯉魚跳龍門」；獎牌及獎金三萬元。
佳作許細妹的「南藍九號」，及毛威麟的「小魔鼓」，各獲獎牌及獎金新臺幣一萬元。

全國兒童圖書館研討會，在師大綜合大樓舉行，會中宣讀的中文論文有：

我國兒童讀物的現況及改進　許義宗。

兒童文學的發展和近況　林良。

兒童圖書館（室）分類系統之商榷　林孟真。

兒童圖書館技術服務的困境　郭麗玲。

兒童圖書館的公眾服務　鄭雪玫。

兒童圖書館的利用教育　林美和。

　　除外，高雄市第四屆文藝季，並有「兒童文藝週」的活動，由高雄市兒童福利工作協會承辦，在刊行的小冊中，並有「全國優良圖書指引」，但細看結果，實在看不出其標準何在？新聞局一九八二年一月二十二日（71）瑜版一字第○一一六四號函曾公布「印製發行中小學生課外讀物輔導要點」（見附錄），其要點乃在於字體、紙色與版面方面，而這種起碼的要求，有時卻也不容易尋求，更遑論內容的充實與否。

　　又近年來，電腦是發展科技的熱門話題之一。有一家電腦公司在四月舉辦了「七十二年兒童電腦資訊週」，是希望透過種種寓教於樂的電腦應用活動，增加小朋友對電腦的興趣與認識。

　　在一片不景氣的聲浪中，兒童讀物仍有幼獅文化事業公司擬編印《少年百科全書》，確實令人興奮。更有出版社在編印啟蒙文學專輯，這種重燃祖先的智慧的作法，實在值得再三思考。新將軍出版公司，借慶祝兒童節與創立十週年全面五折優待大贈送，超過出版的常軌，則令人有匪夷所思之感。而現代關係出版社，緣於艾爾吉（Hergé）的去世，猛炒《丁丁歷險記》的漫畫書，全書共有二十四集，目前一直停留在十二集，我們樂意見到另外十二集趕快出版。該書八開彩色精印，每本訂價一二○元。帳戶：小讀者雜誌社。帳號：一六四二號，地址：臺北市郵政信箱第一六四二號。又有《咪咪漫畫月刊》於四月中旬誕生，它是由國內漫畫新秀共同創作出版。但就內

容與印刷而言，仍有待加強。

　　漫畫書一直為人所詬病的，其實仍有可看者。如《老夫子雜誌》，全年訂價二五十元，帳號：一○七五六七，帳戶：老夫子雜誌社。又如《華視漫畫叢刊》，目前是劉興欽漫畫集，每週出一版一集。長期訂閱每集二十元，一次至少訂閱十集二○○元，帳戶：華視世界。帳號：五二四五二四。

　　以下試評介所見兒童讀物如下：

二　雜誌

牛頓雜誌

　　《牛頓雜誌》國際中文版終於在五月十五日出版了，為我們的科學通俗化邁向了一大步。《牛頓雜誌》標示科學的白話，他們認為一般的科學雜誌都以文字為主，但《牛頓雜誌》強調科學的研習是「圖先文後」，也就是先有所見，才有所知。因此圖片占三分之二，文字占三分之一。有人認為它是一本七歲到七十歲都可以看的好雜誌。因此我們願意介紹給關心科學的老師和父母，更希望老師和父母能引領兒童走入科學的園地。該雜誌全年十二期，長期訂閱一八○○元正。中文版發行人：高源清，住址：臺北市和平東路二段一○七巷二○號一樓。帳戶：牛頓雜誌社，帳號：五七八八七。

三　圖書

飛天大盜、隱形狗

　　純文學四月份的獻禮是《飛天大盜》和《隱形狗》。就內容而

言，《飛天大盜》是一本有趣的書，據說是專為喜歡看漫畫而又不敢看（怕父母罵）的小朋友寫的。內容精采、滑稽，叫人看了哈哈笑。而《隱形狗》則是一本緊張又有趣的偵探故事。小偵探們年紀雖小，做事卻井井有條，在嚴謹的態度中又流露出童心未泯的天真，及孩童的本性，令人讀後發出會心的微笑。是一本具有高度趣味性、啟發性、老少咸宜的書。只是純文學出版社送給兒童的獻禮，皆有失苦澀。如字體小（為五號細明體），裝訂用騎縫裝。《飛天大盜》的部分圖與文字版面缺少統一感。而《隱形狗》的插圖粗獷，與字體不協調。又不標明原作者、繪圖者，如此形同盜版。其實標示原作者、繪圖者是一種尊重的行為，讓我們的兒童從小就養成尊重別人的權益，並不只是口頭的教導，更需要的是從許多小事做起。除外，為兒童讀物寫篇序文也是必要的（該序文卻登錄於《純文學季刊》1983年春季號，頁8-11）。如果能改進以上的小缺失，則不失為「純美」家庭書庫。兩書定價皆各為六十元。帳戶：純文學出版社，帳號：五三三三。

中國智慧的薪傳

　　精裝六冊，二十開，用一五○磅高級雪面銅版紙印刷，這是洪建全教育文化基金會的兒童節獻禮。此時此地有人肯出這類的書（非拼湊或摘譯），確實令人有拱手道謝之心。該套書印刷、裝訂與插圖之精美，皆遠超過「洪建全兒童文學得獎作品集」，而令人稱讚的是用楷書二十四級字體（三號字）外加注音。對學童來說，這是最大的福音，在強調保護學童視力健康原則之下，當以字體為第一要件。

　　該套書是在一片叫好的聲浪中出版，該書宣稱「一○五位中國當代名家為孩子現身說法，共燃智慧的光芒，薪傳下一代」，「名家攜手，牽引孩子走向光明前途。」又「多層面接觸，不陷偏見的胡

同。」綜觀全書，或由於匆促出書，該書校對頗差，尤其是注音部分錯得更多。又可見層面亦並不廣，要皆以文藝界為主，與文藝界無關人士的各種行業，並不超過十個人。且內容與文筆亦不盡合乎兒童與青少年閱讀，所謂「智慧的薪傳」，令人有不可思議之感。其實牽引孩子，又何必是名家，基於教育的觀點，兒童的成長，需要的是愛與關懷及快樂，並不一定要有啟示，更不一定從小就要立大志。從事兒童讀物的工作者，如果能多從兒童學與教育學去了解兒童，或許會更上一層樓。該套書定價一五〇〇元。帳戶：書評書目社。地址：臺北市中華路一段八九之三號。帳號：一九三七四。

山地故事、漫畫西遊記

以上二本皆屬幼獅少年叢書。《山地故事》由蘇樺撰稿，洪義男插圖。蘇先生搜集了山地同胞包括布農族、泰雅族、賽夏族、卑南族、雅美族等各族祖先相傳下來的神話和故事共二十篇，內容既蘊含著我國傳統優美文化，也表現一些忠孝節義的具體形象。插圖、色彩與構圖可說活潑而別具風格。但有些插圖的背景色彩及邊緣干擾文字的明晰度，又文字過小（新五號楷體），非但有損視力，且使得文字與圖形不能統一，同時未能說明故事的來源與出處。

《漫畫西遊記》是由林文義編繪的漫畫書，畫面鮮明清爽，文字簡明扼要，頗富情趣。

一般說來，幼獅少年叢書適合國小高年級，與國中的少年朋友閱讀，但如果想成為少年朋友的身邊讀物，首先要用大一點的字體印刷。

《山地故事》基價三元二角，《漫畫西遊記》基價二元二角二分。帳戶：幼獅文化事公司。帳號：二七三七。

岳飛的故事等五種

　　國語日報在兒童節出版的兒童讀物有《岳飛的故事》、《山難逃生記》、《大獵人》、《三小獅》、《國際間諜的故事》（上、下冊）等五種，除岳飛的故事外，皆為翻譯作品。國語日報的印刷顯然在進步與改進中，如果能多出些國人的創作，則更具鼓舞的效用。《岳飛的故事》一書是由李安、華霞菱合著。閱讀本書，岳飛如在目前，一點兒也不是「歷史陳跡」。作者深入淺出，循序漸進，有條不紊，叫人一眼看出資料的充足與作者了解之詳細。這是一本培養氣節的故事書，請中高年級的小朋友一齊來分享。

　　《岳飛的故事》定價五十元、《山難逃生記》定價六十元、《大獵人》定價六十五元、《三小獅》定價七十元、《國際間諜的故事》上下兩冊，定價一○○元。郵購帳號：七五九。帳戶：國語日報出版部。

兒童讀唐詩第五輯

　　在眾多的兒童古詩選本裡，嚴友梅的《兒童讀唐詩》，一直是擁有它的基本讀者。它每輯二十首，皆屬二十開本，由霽霓畫圖。前四輯為騎縫裝訂，有失簡陋，本輯改用線裝。定價八十五元，帳戶：大作出版社。帳號：一一七二三三。

宋林遠征記

　　作者董時進。二十八開，一百五十八頁，時報書系四三七。本書藉一個小孩宋林保護一條狗的過程，反映大陸在中共統治下的種種倒行逆施，不落言詮地批判了大躍進、人民公社、勞改、節糧、滅狗等光怪陸離，匪夷所思的乖謬現象。對於匪幫「率獸食人」的行徑，給予赤裸裸的呈現，所謂高處著眼、細處著墨，充分融合了政治家的智

慧及文學家匠心。本書訂價七十五元，帳戶：時報文化事業公司。帳號：一〇三八五四。

三十六孝悌忠信

本書作者吳延環，由國立編譯館出版，立場嚴正，設計、攝影、製作、印刷、發行等皆由漢光文化事業公司負責。孝、悌、忠、信共分四冊，每冊皆有三十六則感人的故事，每則以三百五十字為限。該書標榜是「人格教育的開始」，又說「具有教科書的嚴謹內容，小說般的可讀故事，更有生動寫實的攝影圖片，是一部人人必閱，家家必備的讀物。」勉強說，或可適合高年級閱讀，但內容具有教科書的嚴謹，且文章不夠白話，但印刷精美，訂價低（精裝四冊二〇〇元；平裝一三〇元，另附郵資十四元）可說是難得一見的公營出版物，與一九七九年九月出版的《三十六孝》不可同日而語。關心兒童教育的家庭可備購一部。本書每則故事，皆註明來源與出處。

本書由黎明文化事業股份有限公司和漢光文化事業股份有限公司聯合發行。前者帳號：一八〇六一；後者帳號：一〇七三六九。

窗口邊的荳荳

黑柳徹子著。本書在日本很受學生、家庭主婦的歡迎，他們買此書作為過去與現在兒童教育的觀測，因此造成轟動與暢銷。讓人直覺的就想到另一本《櫻花崗第六小學》（國語日報社出版）。本書在臺灣造成搶譯，計有三種譯本。一九八二年雙十節有李雀美譯本，書名：《冬冬的學校生活》。由大佳出版社出版，定價九十元，郵撥五三一七八九。李氏現於日本國立東京大學教育研究所進修。十一月有朱佩蘭譯本，書名：《愛的教育》，由自立晚報社出版，定價八十元，帳號三一八〇。一九八三年元月又有力爭譯本，書名：《窗口邊的荳荳》，

由鹽巴出版社出版，不二價一二〇元，帳號：一〇七一三五。一般說來，三種譯本皆可信任，關心兒童教育的人士不可不讀。

童話列車、童詩開門

　　童話列車《植物世界》已出版，《科學奧秘》亦在出版中。而錦標出版社的另一壯舉則是《童詩開門》的出版。共有「敲門篇」、「開門篇」、「進門篇」等三冊。本套書是臺北縣海山國小「童詩教學小組」的傑作，他們是一群喜愛童詩，熱心童詩教學的老師，在今年寒假中共同研討，分別執筆撰寫而成，全文有十萬多字，為廿五開本。敲門篇探討詩的基本問題，如分行、分段、形式、節奏等問題。開門篇是從修辭學的角度，介紹詩的修辭技巧。進門篇是就詩的斷句、抬頭、句法，來介紹詩形式設計的技巧和效果。本冊並附有果果篇，綜合修辭和形式的技巧，分析欣賞名家作品，引導怎樣欣賞一首詩。

　　本書的寫作是從閱讀文學、美學、修辭學、現代詩集、詩論等入手，就童詩教學而言，可說是進入另一里程碑，是有心於童詩教學的老師的好參考書。套句本書作者群對小讀者的話說：「只要你敲一敲，門就為你開。」但個人在讚賞之餘，仍願意寄語本書作者群，理當略從兒童學與認知發展的角度，去考察兒童的學習與行為。如此或許更能了解兒童「詩教育」的真正意義。並願以此共勉之。《童話列車》每輯定價一五〇〇元，《童詩開門》定價九〇〇元。帳戶：錦標出版社有限公司。住址：臺北市民權西路二七號六樓。帳號：五五三六五五。

附錄：印製發行中小學生課外讀物輔導要點

行政院七十一年元月十六日臺七十一教字

第○八○八號函核定

行政院新聞局七十一年一月二十二日（71）瑜版一字

第○一一六四號函公布實施

一、行政院新聞局為輔導出版業者提高中、小學生課外讀物之印製品
　　質，藉以維護學生視力健康，特訂定本要點。

二、出版業者印製中、小學生課外讀物，應依照下列規定：

　　（一）以正楷字印刷為原則，字體大小不得小於教育部所訂各級
　　　　　學校教科書採用之字體標準：

　　　　　1 國民小學低年級：二至三號字。

　　　　　2 國民小學中年級：三號字。

　　　　　3 國民小學高年級：四號字。

　　　　　4 國民中學：四至五號字。

　　　　　5 高級中學：四至五號字。

　　（二）每行間隔不得小於字體百分之五十，每字間隔不得小於字
　　　　　體百分之二十五，如有注音符號者，字體與間隔均應加
　　　　　大。

　　（三）不得使用反光紙或顏色過分鮮明之紙張，並避免以花紋襯
　　　　　底。

　　（四）不得使用多種色彩印刷文事，或以彩色相間。

　　（五）印刷必須清晰，套色力求準確。

　　（六）於封面註明適宜閱讀之年級。

三、地方政府新聞主管機關，應定期將字體合於規定、印刷精美及內
　　容純正之中、小學生課外讀物，送請行政院新聞局會同有關單位

評定公布，並向各級文教機構及中、小學校推介，作為選購之參
考。

四、行政院新聞局對於印製不合規定、有損學生視力健康或身心發展
之課外讀物，除隨時公布其名單外，並函請主管教育行政機關轉
知各中、小學校，勸告學生避免閱讀。

五、行政院新聞局對於發行中、小學生課外讀物字體合於規定、印製
精美及內容純正有益學生身心健康之出版業者，得予獎勵。

1983年8-11月

一　書影

現代父母，一方面為自己的兒女感到驕傲，為他們早發的智慧而興奮；一方面卻又為著孩子的早熟擔心，孩子們許多的價值、生活態度等都與父母有很多的不同；作為現代的父母確實不易。

而作為現代的孩子又何嘗容易；在暑假裡，頂著炎熱的陽光，不是在水裡泡，而是才藝與電腦，外加羅傑等人的振盪，真是兒童才藝補習班的天下。教育部在六月二十九日公布了六十二、六十六、六十八三學年國小六年級學生「國語文能力評量研究總報告」，指出目前國小學生在國語文能力方面已經有相當水準，我想其間功勞或以才藝班為大。至於優越的表達能力，仍嫌不足，特別是對作文的搜集材料，覺得困難者竟占百分之九十以上；當然，這個研究有失事過境遷，才藝班似乎有權利要求教育部重新評量。

在一片叫好聲中，《龍龍月刊》出國了；百尺竿頭，在內容與編輯上皆可更進一步。

兒童讀物的銷售方式也在改變。

在六月初，由中華卡通公司炒起了一片漫畫熱，促銷的方式是舉辦小朋友「假如課本像漫畫書一樣」的徵文比賽。課本像漫畫書是不可想像的事；但目前國小教科書文多圖少，且繪圖粗糙，再加上裝訂不牢，亦是不爭的事實。有關漫畫的問題，可參見八月號《教育資料文摘》。

晶音有限公司，從七月二十九日至八月七日，在「春之藝廊」展示「說唱童年生活展」，目的在促銷《說唱童年》，視聽其內容，似乎有色無聲。

八月二十日起，光復書局在臺北、臺中、臺南、高雄等地，巡迴展出世界優良兒童圖畫，目的也是在促銷《光復科學圖鑑》，並於八月十六日，假國賓大飯店二樓四香廳為世界優良兒童圖書展舉行兒童文學座談會，座談內容經顏凡整理刊登於國語日報兒童文學週刊第五

八九期（1983年9月4日）及五九〇期（9月14日）。

　　八月十七日，在洪建全視聽圖書館由中央日報晨鐘副刊與洪建全文教基金會，聯合主辦「兒童文學之旅」，參加人士以新文學創作者居多；座談內容刊登於八月三十日中央日報晨鐘版。

　　八月二十八日，布穀鳥兒童詩學社假臺北市光復國小畫廊，舉行楊喚兒童詩獎頒獎典禮暨「兒童文學性質的探討」座談會，座談內容刊於九月十日、十一日中央日報晨鐘報。

　　就教育措施而言，教育部核准北市師、北師、中師、嘉師等四校，設置二年制幼教師資料，並於八月底在各校受理報名，這是師範教育史上的創舉。又國語一年級標準字體課本，亦已印製發行，這是十年來，教育部積極推行的「正字」工作，正式邁向實用的境界。

　　在兒童讀物市場裡，目前很流行套書的製作，而所謂的許多套書，要皆以譯自日本為多，這種編譯不禁使人想到今日學者的參與與操守的問題；也許動點腦筋自己策劃，或是出些小書，更屬必要；我們實在不忍心看到文化的大量入超，以及學者的市儈與流俗。

　　欣見中華兒童叢書第四期四十種出版，且刊登廣告促銷，寄望臺灣書店能以企業方式經營之。另國民教育輔導叢書，內容頗亦可取，但是求購無處，有時索求亦不理，或許《光華月刊》、《故宮文物月刊》的上市，可為省教育廳、市教育局之借鏡。

　　洪建全兒童文學獎徵文比賽，分圖書故事、童話、少年小說、兒童詩歌四類，即日起收件至九月三十日截止。

　　慈恩兒童文學研習會於八月十六日起，假屏東縣佳冬念佛會舉行為期一週的研習。研習主題是兒童詩歌。

　　以下試評介所見兒童讀物如下：

二　雜誌

快樂學生雙週刊

　　《快樂學生雙週刊》是《快樂兒童週刊》的姊妹讀物;《快樂兒童週刊》的對象是國小學生,而《快樂學生雙週刊》的對象則是國小高年級及國中生。創刊於六月十二日;主要內容是:作文與說話、科學知識。因此,「提升作文與說話的能力,鼓勵接觸科學」,即為該刊的兩大目標。每刊發行四開三張,紙是第一類新聞紙。就創刊幾期而言,全版左右未留空白,有失局促;又對象既為高小及國中,似乎不必加注音。

　　該刊全年三十六期,長期訂閱六○○元;該刊發行人:李繼宗,社址:臺北市敦化南路三九○巷九弄六十七號,帳戶:快樂學生雙週刊,帳號:五八一八九九。

國中生

　　《國中生》是當年《小讀者》的翻版,只是這一次的翻版似乎漂亮多了。《國中生》是由國內一群關心教育的人,為謀求補救,以逐漸促進國中教育的正常化,因而發起創辦一份以國中生為主要讀者的月刊;並企圖使該刊成為學生、老師及家長間的橋樑。其刊物將具備下列特色:內容均衡化、題材生活化、行文趣味化、設計藝術化。國中生月刊的理想是希望寓教於樂,與學校教育相輔相成,以造成正常快樂的少年。該群發起人,把它交給《科學月刊》與《科技報導》的主辦者——科學出版事業基金會出版。經過四個月的籌劃,終於在九月一日創刊。第一期計九十六頁,為十八開第一類新聞紙橫排印刷;字體為十六級仿宋體。綜觀全書,尚稱平實清新,只是設計藝術化似

乎仍有待加強，該刊全年十二期，長期訂閱一年七五〇元。該刊發行人：張元，社長：宓世森，總編輯：任秀森，社址：臺北市羅斯福三段一二五號十一樓之四。帳戶：國中生雜誌社，帳號：五八六六〇〇。

三　圖書

進入數學世界的圖畫書

作者安野光雄，譯者：張煥三、吳貞祥、丁淑卿，信誼基金出版社。本套書精裝成三冊，每冊一〇三頁，以特種紙印刷。以「不是一夥的」、「奇妙的漿糊」、「順序」、「比高矮」、「魔術機器」、「比一比、想一想」、「點點」、「數的圈圈」、「數一數水」、「魔藥」、「漂亮的三角形」、「迷宮」、「左和右」等十三個單元來說明最基本、最重要的一些數學概念。郵政帳號：一一二九八八，帳戶：信誼基金出版社，臺北市重慶南路二段七十五號，定價九〇〇元。

啟發智慧的遊戲

藍祥雲主編，志文出版社。全套精裝十本，每本約為三十頁左右。這套書的基本用意是讓小孩子在造物的遊戲中，自己去動手、動腦，然後隨著珍貴的發現，而產生內心的喜悅，同時在不知不覺中培育他們的創造性和自主精神。每冊定價七十元，帳戶：志文出版社，帳號：六一六三，住址：臺北市中山北路七段八十二巷十弄二號。

中國孩子的自然圖書館

計一百冊，由圖文出版社編譯印行，目前已出二十五冊，號稱在五十五位學者專家的參與和十幾位編者的努力之下，歷經兩年時間。

從地球的起源，古代生物談起，以至於人類的出現，各種有趣的動植物，最後探討了自然保護以及自然和人類的未來。為二十開本，每冊二十四頁，內容尚稱完備，文短而精，圖多而美，可激發孩子閱讀的興趣。每冊定價一〇〇元，預約價一百冊是五九〇〇元。帳號：圖文出版社，社址：臺北市辛亥路二段一七一巷六弄十二號十八樓，帳號：五九一五三一。

兒童漫畫故事專輯

由一年級到六年級，每學期一本，全套計有十二本，為十八開彩色印刷，每本二四〇頁，定價三〇〇元。號稱為親子漫畫書，其實，就是「國語課本漫畫書」。教科書漫畫化在教育理論上來講，是不大可能，不過，在目前國內因漫畫問題而紛擾不息之際，這樣的題材，以及結合國內漫畫家共同創作，為下一代提供國人自繪漫畫，卻開出了一條新方向。本專輯由中華卡通製作有限公司策畫製作；聲稱集國內漫畫家一百二十位聯合執筆。鄧橋出版社出版，社址：臺北市光復南路三〇六號五樓，帳戶：鄧有立，帳號：一九四一〇。

光復科學圖鑑

本圖鑑為八開本，二十五冊，由光復書局編譯出版。光復書局是執兒童讀物套書之牛耳；寄語董事長林春輝先生，或許光復書局也可以出版一些國人的作品，甚至也可以出些小書。該圖鑑定價一一〇〇〇元，帳戶：光復書局，帳號：三二九六。

象童、千里寒地救難記

這是國語日報的暑假新書，只是兩本皆屬翻譯作品，適合國小高年級閱讀。前者定價四十五元，後者定價五十五元。

小四書

　　由郭立誠編註，號角出版社，小四書是指三字經、弟子規、臺灣三字經和人生必讀。編者的動機是看到今日兒童的教育，缺少德育、群育，於是企圖透過傳統童蒙教材，引導兒童走上正路。只是這種想法，有失一廂情願，倒是可提供給老師與父母閱讀，因此我亦樂為推介。全書計一七一頁，三十二開本，定價八十元，帳戶：出版街，帳號：五六二五三三。

中央日報兒童叢書第三輯

　　本輯計收《小太郎歷險記》、《慈母橋》、《猜猜看》、《我的作品》，為二十四開本；《小太郎歷險記》譯自日本，是童話創作，並無出奇之處；本書內有章節，但是前面卻無目錄；《慈母橋》是合集本，屬故事，內容以傳說和民間故事為主；《我的作品》是小學生作品集，內容嚴肅有餘，輕鬆不足；《猜猜看》是兒童謎語——希望謎語在兒童文學裡，能早日取得它應有的地位。本輯書印刷精美，每冊定價七十元。帳戶：中央日報社，帳號：一二一二〇。

九歌兒童書房第二集

　　本集計收《香味口袋》、《中國神話故事》、《神豬妙網》、《魔術手帕》等四書，全套定價三〇〇元；後兩本是譯自日本，故事奇妙生動，兼小說、童話之優點，可惜，非但無前言之介紹，亦無原作者之姓名，曾向該社建議，卻無改進，在倡言「著作權」的今日，連原作者應有的權益亦未尊重，令人有不可思議之感。前兩本是國人作品，作者：向明、向陽，都是成名詩人，能為兒童寫作，令人敬佩。《香味口袋》屬兒童故事，內容洋味頗深；而《中國神話故事》一書，其

中有幾篇有失雷同，觀其內容則以傳說為主，亦未見神話之所以為神話之所在處。文末註明出處，可方便有心人士。帳戶：九歌出版社，帳號：一一二二九五。

兒童詩集

就目前而言，兒童詩歌仍最蓬勃發展；其間所讀詩集有：黃基博的《時光倒流》、高市龍華國小的《小露珠詩集》、謝武彰的《春天的腳印》、林美娥的《假如世界是透明的》、后里國小的《爸爸的汗珠》；各書皆是自費出版。最講究的是，林美娥的詩集，而效果卻不彰；其中除了謝武彰詩集外，都有評介文章。《時光倒流》三十二開本，訂價八十元，帳戶：黃基博，帳號：四一五四八；《小露珠詩集》，三十二開本，訂價六十元；《春天的腳印》，定價八十五元，帳戶：林煥彰，帳號：五五七四；《假如世界是透明的》，特價一二〇元，帳戶：林美娥，帳號：四四七七八二；《爸爸的汗珠》，訂價六十五元，帳戶：郭金蓮，帳號：三四〇一九四。

少年詩的世界

由故鄉出版社印行，計分《絕句》、《律詩》、《古詩》、《詞曲》等四冊，為十六開彩色精印。由顏崑陽主編，內文審議張夢機，注音審訂田素蘭教授。《絕句》、《詞曲》由楊素霞撰文；《律詩》、《古詩》由陳惠操撰文。為兒童編寫古詩，在臺灣似乎始於嚴友梅，而後由於省教育廳提倡詩歌朗誦教學，遂使古詩教學水高船漲，目前可見兒童古詩選本不下三十種，且其間重複之處頗多，要皆缺少對兒童意識世界的認識，所選的詩並不一定合適兒童閱讀。這四本書亦有此缺點；但倒是很合適一般人閱讀。這套書印刷精美，注音校對，且加上目前流行的大陸山河彩色圖片；書中有「詩與詩人的故事」實為他種選本所

不能及。至於白話翻譯，個人認為大可不必，蓋詩歌對兒童來說，當以啟發想像力為主，其間有「想想看」已足，何必畫蛇添足。又見中華兒童叢書第四期裡，有《兒童詩選》一書，觀其內容與解說，除《詩和詩的故事》尚有可取，其餘皆未有出眾處。故鄉選本每冊定價二四○元，帳戶：故鄉出版社有限公司，帳號：一四五○七七。

讓小朋友了解自己

本書是張老師月刊選集第七種，梁培勇譯。文筆流暢，是一本使小朋友覺得「我很好」的書。雖然是寫給小朋友看的，但它有關人際交流分析理論的介紹，簡明扼要，可以提供大人們很好的概念，更適合親子共同閱讀。因此，我樂於推介，並希望我們的小孩都有一個快樂的童年。本書適合國小四年級以上的兒童閱讀。本書是二十四開本，計一○三頁，定價七十元，帳戶：張老師月刊社，帳號：一一三三六八。

兒童遊戲治療

本書是張老師輔導叢書第十一種，由程小危、黃惠玲合編。本書相當透徹地闡明遊戲治療和團體遊戲治療的價值，對於學校教師和教育工作者助益良多，因此我願意介紹給關心兒童教育的老師與父母們。本書是二十四開本，計三一八頁，定價一四○元，帳戶帳號同前書。

中外寓言大全

全套計有六冊，由斗辰出版社發行。第一冊《中國寓言》三百字篇已出版，小菊八開，一五○磅雪面銅板紙，彩色印刷，字體為三號字，並有注音。既名為中國寓言，理當在文末注明出處；每則皆附有「大家來想一想」，可提供兒童思索方向。單冊定價三三○元，全套

定價一九八〇元，出版社址：臺北市合江街八十七號之一，帳戶：佩文圖書有限公司，帳號：五九一七八九。

四　有聲圖書

中國詩詞曲文

計錄音帶四卷，八開圖書一冊；由師大王更生教授主吟。目前古詩教學，皆僅流於唱，已失朗誦之意義；本錄音共吟詩、詞、曲文等六十四首，可為語文朗誦教學之參考。全套特價七五〇元，帳戶：華陽書局，帳號：五八八六七六，社址：臺北市信義路二段一三三號。

西遊記故事錄音帶

本故事錄音帶由開俐實業有限公司錄製出版。把整本書錄製成錄音帶，就兒童讀物來說，本故事算是創舉。但細聽之下，所謂全套，亦僅是二十五個單元故事而已，且每卷轉接之時並不理想；至於三本彩色著色本，則有失簡陋，缺乏閱讀的效果。全套計錄音帶六卷（六十分鐘）。特價九六〇元，帳戶：開俐實業有限公司，帳號：五五二八八八，社址：臺北市信義路四段四〇七號四樓。

1983年12月-1984年3月

一　書影

　　回顧一九八三年出版業，推出的套書竟以兒童文學類較多，兒童文學受到出版界的重視，真是令人欣喜的事；而有關「兒童」之消息似乎也不少。

　　首先，在八月初，新聞局第二次推介優良中、小學生課外讀物共一四二種；清冊正文前有「說明」一文，說明推介原因，及所聘請之評選委員名單。但檢視其清冊，仍以新聞局公布的「印製發行中小學生課外讀物輔導要點」為主，似乎不太注意內容，尤其國小部分，蓋皆以翻印為主；我們寄語新聞局能做得更好。

　　在年底，全國又呈現一片讀書的消息。

　　最早的消息來自中國圖書館學會策畫的「圖書館週」，時間是十二月一日至七日；他們的海報標語是「富者因書而貴，貧者因書而富」，及「讀書能充實人生，提高生活品質」。帶來了一片熱鬧的讀書熱潮。

　　新聞局為倡導全民讀書的風氣，配合金鼎獎頒獎典禮所舉辦的首屆「讀書週」活動，時間是十二月十七日起到二十四日止，讀書週的主題是「精緻出版園地，散發書香芬芳」。其間有書展、演講；尤其以書展最熱鬧。由於場地狹小，湧進上千上萬的觀眾，造成萬人空巷，連綿不斷的長龍，只是我們不禁要問，參觀書展的人就是平常的買書人嗎？

　　針對書展，印有十冊的《參展圖書目錄》，其中第九冊是《兒童讀物》類，展出計有二三七七種，可說兼容並蓄，魚目混珠，如何提高書展品質，是刻不容緩之事。書展後，餘波蕩漾，其中以蔣復璁先生的〈參觀全國圖書展覽後的感想〉（《中時副刊》，1984年1月19日）一文，較具建設性。

　　至於金鼎獎榮譽榜中有關兒童讀物者如下：

　　優良雜誌獎：童年雜誌。

　　優良圖書獎兒童讀物類：自然追蹤，新將軍出版公司。

　　圖書著作獎：楊平世的「我愛大自然信箱」，中華日報社。

有關得獎評語並見《參展圖書目錄》。得獎的童年月刊，仍可更上一層樓。

　　《文訊月刊》第五期（1983年11月10日）有陳香〈兒童文學的迷失〉一文，認為我們的兒童文學，其所以分出歧路，其所以跡近迷失，客觀的原因，是社會教育、家庭教育、學校教育的各自為政，各行其是，不能配合，遑論其相輔相成的融和。他並舉例說明如下：

一、競相給兒童講古代帝王的天命天授、賢臣勇將的無後無種、神仙劍俠的飄逸譎秘、英雄美人的天造地設之類，與時代有無脫節？與課本有無唐突？

二、競相教兒童讀唐詩、宋詞，就使為「啟發其欣賞力」，而讓其囫圇吞棗，後果會如何？與其感受是否會造成矛盾？

三、競相刊載兒童作品，可用「以發表欲培養創作欲」為藉口；美其名曰鼓勵。但有幾篇可作優秀的示範？有幾篇值得是真正的兒童作品？有幾篇非老師所捉刀？

四、競相注國音符號於字旁。對低年級，原不可厚非；然亦必須視需要、分寸。否則將養成兒童的依賴性。至於五、六年級，無注音便讀不出聲音者比比皆是，何況理解字義。

五、競相教兒童喊鵝媽媽、豬伯伯，有天真的親切感；然而作秀、穿綁、仙人跳、自摸雙、槓上開花等不倫不類詞語，亦出現於兒童讀物，則等於在散播惡謔，不知用意何在？

六、競相給兒童講雷達、火箭、核子、電腦、太空人、外星

人、機械人，又雜之以倩女幽魂、杜鵑啼血、河伯娶婦、
嫦娥奔月。到底希望兒童應該向前進，擴大視野？還是希
望兒童向後轉，對科技存疑？（見頁10-11）

事實是否如此，頗值深思。曾見中時副刊有篇〈一本遣詞怪異的兒童
書〉（1984年1月9日），其實這種現象似乎並非孤例，也許我們不能再
一味心存「餵招」。道德的自律是必須的。

　　由洪建全教育文化基金會主辦的第十屆洪建全兒童文學獎，經該
會聘請專家評選，於十二月二十六日得獎作品揭曉，這個目前最受囑
目的獎勵，在兒童文學園地裡發揮了不少激勵作用，我們謹向其表達
無限的敬意，並希望得獎者都能繼續努力，綻放出更多燦爛的花朵。

　　老店東方出版社，一向以譯印及價廉為主。如今擬訂出版「東方
歷史叢書」，第一冊《史記》亦已於一九八三年年底推出，觀其品
質，令人稱讚，我們預祝其出擊成功。

　　一向以有聲視聽教材著稱的幼福文化公司，自本年元月起創設
《幼福兒童雜誌》，每兩個月發行一次報紙型四開一張，內容包羅萬
象，但仍以推介本公司教材為主，為贈閱性質，我們歡迎它能早日正
式加入兒童雜誌的行列；有興趣者可向該公司索取。社址：臺北市南
昌路二段三十一號二樓。

　　九歌兒童書房第三集又在二月出版了，個人以為九歌兒童書房的
出版，是兒童讀物界裡的一件喜事。可惜他們的書，不但沒有作者的
前言，也沒有原作者的介紹，如此不尊重原作者的權益，以及未能多
加提攜讀者，殊為可惜。不知蔡文甫先生以為然否？

　　以下試評介所見兒童讀物如下：

二　雜誌

皇冠漫畫週刊

在新春的喜氣聲中，《皇冠漫畫週刊》誕生了，它是皇冠雜誌慶祝創刊三十週年，回饋社會的一份禮物。內容有幽默、有歡笑、有現代、有古代、有科幻、有歷史，是一本家庭式的刊物。每本定價三十元，長期訂閱全年五十二期一二五〇元，半年二十六期六八〇元。帳戶：皇冠出版社。帳號：一〇四二六。社址：臺北市郵政第三三〇〇號信箱。

三　圖書

小仙童漫遊記

這本是由日本作家中村都夢設計的圖書，以小仙童漫遊在自然天地間為題材，集攝影、詩歌、舞劇為一體的表現形式，極富創意。經由許潮雄評寫，曾在民生報天地版連載過，今列為民生報叢書。本書為二十開彩色精印本，不但有賞心悅目的構圖，並兼具有知識性的引導，前年曾有某出版社推出《小人國吟詩歌》一套三本。《小仙童漫遊記》的攝影圖片，亦皆見於《小人國吟詩歌》，編譯與解說不同，又印刷以「小仙童漫遊記」為佳。個人以為譯自外國的圖書，理當有一篇較為詳實的介紹。許譯本雖稱精美，亦無作者與該書之介紹，又無頁數之標明，殊為可惜。本書由聯經出版事業公司出版。住址：臺北市忠孝東路四段五五七號，帳號：一〇〇五五九，定價二五〇元。

歐州森林的故事

圖與文的原作者是日本人藤城清治，中文本由賴明珠翻譯，並與友人合資出版。這本書頗為奇特。一張畫一個故事，文字敘述頗為簡短，企圖使人由畫面引發無限的想像，而故事本身似乎又隱含著深遠的哲理。尤其是本書運用多種特殊技巧，表現光與影、造形與色彩，極具特色，是國內難得一見的特殊畫冊。本書中譯本為菊版八開。定價三○○元，帳戶：賴明珠。帳號：五五八六五二。

吳姐姐講歷史故事（第六集）

吳碧涵講的歷史故事，已堂堂進入第六集，所講的是從盛唐至中唐，計有五十篇，本書挾著以往的信譽，頗受讚賞。似乎已成中華日報兒童週刊的招牌專欄。本書三十二開，定價一○○元，帳戶：中華日報社出版部。地址：臺北市松江路一三一號。帳號：二二五○。

亮麗的陽光

本書是教育部委託黎明文化事業公司編印。為二十八開本，計一八○頁。本書以小說體裁，列舉了二十個故事，都是實際發生過的案例，寓法律常識於故事中，四號字排版，並加注音，同時附有插圖。適合國小高年級、國中生閱讀。本書定價九十元。出版社：黎明文化事業股份有限公司。住址：臺北市信義二段二一三號十一樓，帳戶：一八○六一。

牽著春天的手、大象和牠的小朋友

這兩本二十四開的詩集，是林煥彰的兒童詩作品，由好兒童教育雜誌社出版。前者是描寫四季季節的作品，其中洋溢著童稚的歡笑和對孩童溫馨的關愛。由張化瑋插圖，並有給「敬愛的家長」的話。後

者全書都是描寫動物的作品，生動活潑的方式表現出詩歌的特色。由劉開插圖。林煥彰本身致力於推廣兒童詩歌教育，並負責編輯「布穀鳥兒童詩學季刊」，同時又能創作不輟，令人肅然，這本詩集又灌製朗讀錄音帶各兩卷。惜乎咬音並不十分準確。前者連錄音帶特價三二○元；後者特價三○○元，兩套合購六○○元，帳戶：好兒童書城。地址：臺北市重慶南路一段十三號二樓，帳號：五八三六一一。

國小兒童詩歌選集

全套六冊，由林煥彰編選，華仁出版社印行。為二十五開彩色精裝。六冊分別是：（一）《咪咪動物兒歌》（董大山插圖）、（二）《咕咕動物童詩》（張軒銘插圖）、（三）《甜甜水果童詩》（董金光插圖）、（四）《津津生活童詩》（五）《嘟嘟動物兒歌》（張軒銘插圖）、（六）《朗朗生活童詩》（張軒銘插圖）。其間（一）、（二）兩冊是小朋友的作品。這套書當是代表林煥彰長期以來推廣兒童詩歌教育的成績與獻禮。全套定價七二○元，帳戶：華仁出版社。社址：臺中市樂群街二三八號，帳號：二四九五五。

小村故事（上、下）

漫畫書原是兒童親暱的朋友。只是我們的漫畫書一向內容欠佳，印製拙劣，再加上外譯本太多，是以一直受到社會排斥。其實像劉興欽的《小村故事》就該給予鼓勵，《小村故事》當是劉興欽的幼年故事，內容頗有情趣，又富啟知，很受兒童喜愛。為二十開本，每冊定價六十元，屬民生報叢書，帳戶：聯經出版事業公司，帳戶：一○○五五九，民生報叢書裡，另有敖幼祥的《超級狗皮皮》頗受歡迎，已出二輯，皆為三十二開本，第一輯彩色印刷，定價一○○元，第二輯定價六十元。

打開心窗話童年（上、下）、沙灘足跡憶童年

　　這是第二屆金羽獎全國兒童徵文的入選作品集。金羽獎由臺南市政府與大千出版事業公司、中華日報社聯合主辦。《打開心窗話童年》上冊是國小中年級作品，下冊是國小高年級作品；而《沙灘足跡憶童年》是國中組的作品，細讀得獎作品，可見學童詩文程度不低，他們的優點是平穩、流暢、有條理，但是作品的「老氣」，亦令人驚訝，是普遍地不夠創意，更不易看到很獨特而充滿想像力的作品。使人擔憂的是我們的教育方式會否有偏差，或是徵文比賽亦受了污染？以上三冊是大千出版事業公司印行，為二十八開本，印刷雖大，但版面太擠，有壓迫感。每冊定價皆為九十五元，由企鵝圖書有限公司代理發行。地址：臺南市南門路一五九之四號。

四維八德的傳家故事

　　全套十二冊，由小學館圖書股份有限公司出版。內容以四維八德為主，每德各一本，由戴晉新、王福群撰文，是學有所長的年輕人，他們標榜「不是抄襲，也不是虛構」，在序言裡曾檢討目前坊間所見的刊物，並說明他們編撰的動機與目的，唯從短短的序言裡，正可顯現他們對兒童文學知識的貧乏，但個人相信：「為我們的小孩子敘述祖先的種種完美行為，就像為美德畫上生動的圖畫，對正在探索『什麼是完美的人』的少年來說，也是一個生動的答案」（林良序），因此個人頗為介紹，又如果在文末能證明故事出處，或許效果會更好些，全套定價一八○○元，帳戶：小學館圖書公司。帳號：五九五八八八。

民生報兒童叢書七種

　　叢書七冊包括：《媽媽的紅燈》，桂文亞編，定價八十元；《爸爸

的氣功》，桂文亞編，定價八十元；《幽默筆記》，桂文亞編寫，吳鴻富圖，定價八十元；《古典小小說》，謝武彰著，吳鴻富圖，定價八十元；《有個傻子叫九發》，朱邦彥譯，董大山圖，定價八十元；《國名的故事》，楊俊昭譯，定價一二〇元；《快樂的童詩教室》，林仙龍著，定價八十元。以上七書皆曾在民生報兒童版連載過，是民生報回饋社會而獻給國內兒童的最佳禮物。本套叢書皆屬三十二開本，用四號宋體字印刷，本叢書適合國小高年級及國中生閱讀。帳戶：聯經出版事業公司，地址：臺北市忠孝東路四段五五七號，帳戶：一〇〇五五九。

史記（上、下）

這是東方出版社擬定「東方少年歷史叢書」的第一冊，由馬景賢編著，為二十五開精裝上下兩冊，並用盒裝，頗為精緻。古書改寫，尤其是正史，可說莫衷一是，但個人認為：至少對該書的寫作背景與書寫體製，要有個完整與合理的交代，同時要為原作者寫篇較為詳細的傳記，除外，對編寫的原則也該有所說明，當然如果能給改寫的新書加個副標題，似乎更形完整，未知「東方」諸賢達意下如何？本套書定價三八〇元，帳戶：東方出版社，社址：臺北市重慶南路一段一二一號，帳號：二。

牛津世界童話立體視聽教材

全套包括童話畫冊九開二十冊，話劇錄音帶二十卷，益智積木一盒九十六塊，親子手冊九開兩本，「動腦180」二十八開一本，另附PVC 高級存放箱一組（三只），號稱集合美術、語言、歌曲、話劇、益智、遊戲為一體，且是國內第一套最完整、最適合兒童啟智活用的教材。但經視聽結果，個人認為童話畫冊在日本印刷，最具水準。話

劇錄音帶由中廣公司演出錄製，屬精心編製，因此中英語音頗為標準。至於益智積木，則有失粗糙。而親子手冊，不具玩賞的效果。總之，這是一套大書，據說百科文化事業公司已商得英國牛津大學總局的同意，授予國際中文版獨家發行。全套定價八〇〇〇元，售價六二〇〇元，公司住址：臺北市光復北路七號二樓，帳號：一三四三九二。

趣味的教學

這是一本益智的兒童讀物，包括數目、圖形、推理、其他等篇，曾在國語日報兒童版連載。作者戴禮巧妙地從日常生活中取材，引導讀者從遊戲中學習各種數學的解題技巧。今日兒童的數學教學，到高年級似乎頓成萎縮現象，不知是否與教學方法有關。本書為菊版二十五開本，有插圖，適合國小高年級、國中閱讀。定價一〇五元，帳戶：國語日報出版社。帳號：七五九。

小小研究生、小科學家

本套書由東方出版社，計八冊，為菊版，開精裝本，是由臺南縣鯤鯓國小自然科學教師陳慶飛、黃錦花夫婦合著。借學童在日常生活中常見的一些問題，將科學理論與科學實驗融入故事情節中，以生動的敘述，引導學童進入科學的領域。如果插圖方面能多加費心，效果會更好。我們相信教育要上軌道，首先要有上進與進修不輟的老師；因此，我們願意向努力不懈的教師及有理想的出版社，投致我們的關心與敬意。本套書每冊定價一〇〇元，帳戶：東方出版社，帳號：二。

兒童文學名著賞析

這本書是許義宗在兒童文學園地裡，質研多年的成果。是屬提要

性的專著。其體例是以某一名者的單位，首列「故事梗概」，其次是「欣賞分析」，最後是「作者簡介」全書收「英國篇」二十六種，「美國篇」二十五種，「德國篇」十六種，「法國篇」二十種，「北歐篇」八種，「南歐篇」七種，計有一〇二種，舉凡歐美的兒童文學名著皆已包括在內，並附有兒童文學名著年表。研究分析各國兒童文學作品，不僅可以從作品中，了解如何搜集題材，如何構成作品，並作有效成功的表達，進而拓展我們的視野。使能免於故步自封的地步。本書為二十五開本，厚達四九三頁。所收名著大皆有中譯本，如果能對各種不同的中譯本略加介紹，則更為理想，本書訂價一九〇元。帳戶：黎明文化事業股份有限公司，地址：臺北市信義路二段二一三號十一樓，帳號：一八〇六一。

兒童讀物研究

我們的兒童文學之所以未能突破瓶頸，缺乏理論性的導引，或為其中原因之一。而本書的出版，多少可彌補其缺憾。本書作者司琦，現任國立政治大學教授，致力於國民教育之研究，本書依兒童讀物應「兒童化」及「教育化」的觀點，闡述兒童讀物的意義、重要和領域，兒童工具書特色，兒童字彙及詞彙研究，教科用書及兒童文學名著評介，以及兒童讀物、小學圖書館與教學之間的關係；為研討我國兒童讀物發展及小學圖書館功能的文集，由臺灣商務印書館印行，列入人人文庫第二五三八之九，基本定價六角，帳號：臺灣商務印書館，地址：臺北市重慶南路一段三十七號，帳戶：一六五。

兒童文學綜論

李慕如著，復文圖書出版社發行。李氏執教於屏東師專，是講授十年「兒童文學課」的成果，全書有九章，其中以三到六章為主要部

分，是兒童文學的分類研究。作者分為圖畫、韻文、散文、戲劇四大型式。綜觀全書，可說具體而微，行文以概述為主，可說簡約有餘，而理論的闡釋則不足。在兒童文學教材缺乏之下，我們高興又有一本新書出現。本書有四三四頁，為二十五開本。定價二○○元，帳戶：復文圖書出版社，地址：高雄市同慶路一○六號，帳號：四五六五八。

1984年4-7月

一　書影

目前的心算教學，可說是兒童界的摩登學習。外加，中華卡通兒童數學漫畫專輯，及小家教數學一○○的助瀾，是否意味著數學教學的失敗？四月號「教育資料文摘」，有篇「兒童數學學習態度調查研究」，似乎可見其端倪。又根據行政院國科會的一項調查顯示，國內國中、小學生都只停留在「具體操作」的階段，對於抽象思考、推理能力等概念的發展，則均未成熟。（見一九八四年四月二十五日《中國時報》）如此看來，今日需要學習的人，似乎是大人，我們相信，如果老師和父母，能多參閱一些有關教養與輔導方面的書，孩子或許會更幸福。這陣子有關這方面的書也不少，因此本期特別提供幾本給關心孩子教育的人。

大人有時確實需要加油，如在職進修制度。不可否認，教師在職進修是必須的；但是，本位主義的進修方式非但無濟於事，甚且徒增事端。我們應當了解，身為小學教師，時常有缺憾的存在。許多當年考不上師範或師專的同學，後來卻成為他們的教授，社會階層較他們來得高。可是，他們的感觸，有多少社會大眾為他們設想？一味的撫弄傷口，寧不令人傷心。或許，平等立足點的尋求才是治本之策。持此，師專改制已是刻不容緩。又如消費者文教基金會，宣稱國中、小學參考書，在印刷與內容品質上有不合標準的事實；而我們的教育主管隨即再度宣布禁止使用參考書。其實，在升學的壓力下，使用參考書變成無可避免的趨勢。但是如何使參考書變成輔導性的教材，而非戕害學生身心的升學工具，值得教育行政當局深思、改進；並非規定學生不可使用就可解決問題。

由洪建全文教基金會主辦的第十屆兒童文學創作獎，於三月三十一日上午，在該會視聽圖書館舉行頒獎典禮。此外，並公布第八屆洪建全兒童文學獎徵稿辦法，徵稿日期自四月一日起至一九八四年九月三十日截止。詳細辦法可向臺北郵政七○之一七四號信箱索取。

　　洪建全文教基金會是推動兒童文學搖籃的手，它除舉辦兒童文學獎之外，並致力於兒童讀物的出版。

　　從《智慧的薪傳》、《兒童文學之旅》，到新出版的《三百六十個朋友》，該基金會皆採策劃方式，企圖透過企劃的規劃，以達物美價廉。《三百六十個朋友》在版本上，由二十開變為十六開大版本，並採用照片的配合及表現。在編排與印刷方面，都能維持高水準；只是內容的品質，似乎仍未見突破。一般說法，全書行文格式不統一，導致「主題」不明顯。又照片部分與插圖部分，似乎不盡協調。如果有篇前言，對目前職業做個說明與分析，或許效果會更好。又如果把照片與文字的配合與表現部分，再加充實，而另冊出版，或許會有意想不到的效果。洪建全教育文化基金會對兒童文學的推動，厥功至偉，寄望能百尺竿頭，更上一層樓。

　　今年的兒童節，宋局長在中副發表了〈讓我們給兒童一個更快樂的童年〉一文，可說是最好的兒童節禮物。

　　為慶祝五四文藝節，中國國民黨中央文工會和國立中央圖書館臺灣分館，合辦「全國兒童書展」，展覽時期是從三日到十三日，地點在臺灣分館。參與展出的廠商有七十多家，兒童叢書大約有五千冊，並印有《全國兒童圖書目錄續編》一冊。

　　以下試評介所見兒童讀物如下：

二　雜誌

小牛頓

　　這本雜誌三月一日創刊，是《牛頓》雜誌圖解科學往下扎根更深一層的耕耘，同樣是沿用「科學研習，圖先文後」的觀念。刊物內容取自日本教育社「兒童科學園地」，為十五開本彩色精印；每冊特價

一五〇元，全年訂閱一五〇〇元。帳戶：牛頓雜誌社；帳號：五七八八七〇。

三　圖書

稱讚與責備、做個好父親

　　這是東方幼教叢書。兩書皆譯自日本。《稱讚與責備》的作者是乾孝。責備與稱讚是教育孩子的兩件法寶，但其主要目的，是讓孩子能從小就學會基本的生活習慣。這點不僅對孩子本身，甚至對父母而言，都是非常重要的，只是應用起來，並不是容易之事。《做個好父親》的作者是繁多進。子女的社會化過程極其複雜，往往得靠雙親共同影響，才能培養出正確的觀念，建立良好的發展基礎。在家庭中，父親若根本不參與培養孩子的社會性，而全靠母親一人，在這男性與女性構成的社會中，想讓孩子的人格有良好的發展是很困難的。以上兩書定價皆為六十元，三十二開本，譯者皆屬東方出版社編輯部。帳戶：東方出版社。帳號：〇〇〇〇〇〇二六。

父親能做什麼？

　　作者光永貞夫，他認為孩子的問題也就是家族的問題，如果不調整家庭裡的人際關係，那是不容易得到效果。而在人際關係中，夫妻間的愛最為基本。以父親做指揮，然後邁進夫唱婦隨的地步。如果身為父親的人逃避了家庭教育，則家庭的人際關係協調非常難，孩子的問題也就不易解決。因此，父親的重要性對家庭教育來說，是何等的不可忽視。本書「以家庭教育的再出發」做具體，而透過眾多事實的例子，再次深入家庭教育問題的核心。並且特別設計書中的內容，和

能夠一目瞭然的目錄，並在故事敘說以前有家族表，說明問題孩子在家庭裡的地位，然後又在故事結束後列舉了問題的重心。中譯本由力爭翻譯，並且由鹽巴出版社刊行，三十二開本，不二價一〇〇元。帳戶：鹽巴出版社，社址：臺北市衡陽路七十二號七〇六室。帳號：一〇七一三五。

孩子的挑戰

又名教師手冊，顧名思義是講教師教育孩子的方法。原作者 Rudolf Dreilsurs 大多數的老師對引導學生學習都充滿了熱心，當他們決心獻身教育時，都有著崇高的理想。在過去，學生到校上課，他們知道必須學習；但在今日而言，情況卻已改變。自近世民主革命思潮倡行，獨立、自主、平等觀念深植人心。影響所及，學生也從以往順從、被動的角色，逐漸要求與教師站在平等、相互尊重的地位，在這種狀況之下，老師如果不了解學生，以及具備輔導諮商的能力，非但本身不能稱職，甚且可能對孩子造成莫大的傷害。而本書就是一本有理論架構和實際運用的好書，中譯本由鍾思嘉主編，二十六開本，定價一五〇元，帳戶：文笙書局，地址：臺北市重慶南路一段六十九號。帳號一〇〇一六五。

一分鐘媽媽、一分鐘爸爸

是《一分鐘經理人》作者 Spencer Johnson 的作品。所謂一分鐘，只不過是一種象徵性的說法。它只是表示做一個有效的爸爸或媽媽，並不像想像中那麼耗時費力。一分鐘爸爸或媽媽的教育秘訣在於：一分鐘目標，一分鐘讚美，一分鐘懲罰。全書以故事體寫作，生動引人的實例，讓你了解所謂的一分鐘。尤其將幫助你建立更好的人際關係，享有一份更健康、快樂，而且有效的生活。中文本由王美

音、楊子江合譯，列入皇冠新知震盪系列第二種。定價一○○元。帳戶：皇冠出版社，社址：臺北市第三三○○號信箱，帳號：一○四二六，另外又有長河出版社譯本。

允晨現代親子教育五種

　　本套叢書由教育學院輔導系主任彭駕騂主編。計有：《如何回答兒童的性問題》，定價九十元。《小腦海中的世界》，定價九十元。《快樂的兒童教育》，定價一二○元。《使你小孩快樂》，定價一二○元。《使你小孩更聰明》，定價一二○元。其中《小腦海中的世界》早在去年5月即出版。本套叢書皆屬翻譯，旨在提供父母現代教養方法，進而能用新觀念方式培養子女。本套叢書由允晨文化實業股份有限公司發行。社址：臺北市西寧北路五十二號之一。帳號：五五四五六六。

孩子！孩子！

　　這是一本獻給現代家庭的書。書中的文章，都是國語日報「家庭」版每月話題「我的孩子」的入選佳作，篇篇都是經驗的記錄。它為現代的父母提供了當父母的經驗；也可使年輕讀者從其中讀到父母的心聲。本書定價一○○元，由國語日報附設出版社出版，帳號：七五九。

媽媽，什麼叫世界經濟？

　　雖然我們有《天下》雜誌引導我們邁向一個美好社會的嚮往與追求，但我們卻沒有從中小學的基層裡培植立根。什麼是經濟？什麼叫富裕？什麼叫貧困？什麼叫國際貿易？我們的中小學生似乎都不在意，而這本《媽媽，什麼叫世界經濟？》似乎可以稍稍彌補這方面的

欠缺，全書分兩部分。第一篇和書名相同，是以對話方式，以媽媽的口吻向孩子說明世界經濟的真相。作者以已開發國家的觀點，用淺顯的文字，說明貧國所以貧窮的原因，每章都有漫畫與統計圖表。第二篇「世界經濟概論」，作者發揮了她廣闊的視野與關切的苦心。作者安娜德女士本身是一位經濟學者。本書譯印均佳，適合國小高年級、初中同學閱讀，全書計一七六頁，由環境經濟社出版，徐代德譯。定價一五〇元，帳戶：環球經濟社，住址：臺北市信義路四段一之一二八號。帳號：一五二六六九。

多重結局冒險案例

本叢書原名為《選擇你自己的探險》。今由百科文化事業公司改為《多重結局冒險案例》精選出版，計有十五本，為菊版四十開本；只是十五級的字體，似乎小了些。本叢書的負責人艾德華，柏卡特（Edward Packard），本是一位律師，因為講故事給他的三位孩子聽，從而引發他寫作的動機，並促成美國讀物出版社，產生了一場反傳統的創新「革命」。所謂《選擇你自己的探險》，是指內容千變萬化，可自導角色，尋求不同的結局，也是不必逐頁讀完的書，四月份《新書月刊》曾有陳冷撰文介紹（頁25-27）。合適國小高年級與國中生閱讀。全套十五本，每冊特價六十元。帳戶：百科文化公司；帳號：一三四三九二。

世界金獎童畫選輯

全套為十二開三冊。由中華民國兒童美術教育學會總主編。精選十三年來世界兒童畫展中的金獎作品，計三一五幅。並由國內七十位兒童美術教育家為每一幅兒童畫撰文評介。又請三十位名作家看圖作文。翻開書中的每一頁，可說圖文並茂，使人心靈充滿了愉悅祥和；

本書結合了美術與文學，正是所謂透過藝術的教育的好教材，如果我們對兒童能透過藝術加以誘導，則對他們人格的健全發展，自會有莫大的幫助。本套書訂價二〇〇〇元，帳戶：千華出版社。社址：臺北縣永和市國光路三十七號，帳號：一〇一〇二一。

我愛兒童詩（二）

本書是由蔡清波編選，童錦茂插圖，愛智圖書公司出版。全書以兒童作品為主，並由編選者加以「賞析」，計收兒童詩歌三十首。使人能從其中領會出那一顆顆真摯的童心來。再加上富有中國色彩的插圖，頗能傳達出一份對兒童的熱愛；在兒童詩歌類裡，本書算是頗為出色的一本。本書為二十開本，定價一〇〇元，帳戶：愛智圖書有限公司，地址：高雄市前金區仁德街二二三號，帳戶：四〇〇六八八。帳號：一三四三九二。

國際中文版世界童話故事全集

全書十五冊，涵蓋了世界各國一百二十四則，經過專家挑選，富有啟發性，生動有趣的故事，並配合精美細緻，富有民族色彩的插圖，並以最進步的 Scandal 印刷技術而成。全套由日本講談社印製，中文版授權萬人出版社發行，一二〇磅雪銅紙彩色精印，菊版八開硬皮典藏版裝幀。優待價似八〇〇元正。帳戶：萬人出版社。社址：臺北市重慶南路一段四十一號，帳號：一一九四一〇。

漢聲精選世界最佳兒童圖畫書

這是漢聲雜誌繼《中國童話》後，又擬為兒童出版的一套圖畫書。所謂兒童圖畫書，是指以優美、富創意的圖畫為主，並以淺易文字為輔的兒童書籍，適用於低年級及幼兒。漢聲精選歐、美、日優良

圖畫書，並針對國內兒童的教育環境，分為「心理成長」及「科學教育」兩類，每月依類出兩本。前者，是新觀念的兒童文學作品，多半為輔助幼兒心理成長的圖畫書；後者，則為啟發孩子對外在世界的好奇心、觀察力，使兒童從充滿樂趣的觀察中，領悟關鍵性的科學原理。隨著每月兩本圖畫書，並附有《媽媽手冊》一本。細觀已出之書，如果文字部分採中式，措辭再多加費心，而插圖部分能不影響文字的清晰，效果似乎會更好些。林鍾隆曾有〈兩本幼童書〉一文（見《國語日報》一九八四年四月二十九日，兒童文學週刊版），評介元月份《血的故事》、《第一次上街買東西》二書。又《媽媽手冊》的字體似乎太小了，且裝訂亦失簡陋。本套書半年十二冊，預約特價一五一二元，全年二十四本，預約特價二八七二元。帳戶：臺灣英文雜誌社。帳號：五九二三九九。

1984年8-11月

一　書影

「大家一起來」的節目，本屬清新有趣；但是當大家都一起來的時候，則已淪為一種普遍的心態。這種心態，暴露了當代人創造力缺乏、獨立性喪失的危機。

因為大家一起來，於是有公共電視臺的「大家來讀三字經」。到底是誰適合讀三字經？所謂三字經節目使用教材滿天飛，更有吟、唱、講、讀出現。還有強調學英語要趁早，因此，兒童英語班到處都是；更有推陳出新的兒童套書，並且附有品質低與回頭或滯銷的各種贈品；還有響應書香社會的座談會……真是琳瑯滿目，令人目眩神迷。

我們認為，從事出版業，並不僅止於賺錢；而教育並非是訓練，更不是作秀，只有平實才是根本。寄語我們的出版業者與教育決策者，上之所好，下必甚焉，能不慎乎！

在眾多的學校刊物中，平和國小的《春天》（已出三集）可說最為矚目，該校位於花蓮縣壽豐鄉平和村，創校只有二十多年歷史，一百多名學生的鄉村小學。近年來在黃郁文校長和老師們的鼓勵和盡心指導下，文風日熾。又臺中縣后里國小有《小草詩畫集》、彰化縣溪湖鎮湖南國小有《小星星》、臺中市新興國小有《兒童的笑臉》，皆屬兒童詩集。其中《兒童的笑臉》一書，加入兒童對自己創作的動機寫出感想，頗有意義且具有功效。

兒童雜誌的經營方式逐漸在改變中，已有多種雜誌朝向配合課程而發行。前有學園兒童科學館，依年級（至五年級）每學期各有五本。以數學、自然為主。並有學園雜誌發行。社址：臺北市光復南路四十號。

到今年九月，便滿兩週年的「科學的實驗」，也從九月份起推出擴增版，由七十二頁擴增為一〇〇頁。該雜誌由光復書局發行，每期定價一九〇元，一年十二期，一九二〇元。社址：臺北市復興北路三

十八號六樓。

　　另外，《親代週刊》有小學一、二、三年級版出刊，該週刊創刊於一九八三年十一月十二日，並推出親代叢書九種。全年訂費一八○○元。社址：臺北市內湖區新明路二四三號一之五樓。

　　而錦標出版社也發行一套「小學學習圖書館」，每年級十二冊，優待價一一八八元。社址：臺北市和平東路一段一六三號四樓。

　　至於一般的兒童雜誌，亦有起伏。好兒童教育月刊自八月起停止發行。幼獅少年則自七月起改為新版十六開發行，一二○頁，每本訂價五十元。又有《龍龍月刊》，自八月起，改為半月刊，每本定價六十元。

　　令人振奮的是《兒童小說坊》第一集終於出刊了。第一集書名《奇妙的波浪鼓》。綜觀本集，尚稱平實，其中注音似乎可免。所謂《兒童小說坊》，乃是針對非小說而言，也就是指廣義的「故事」而言。該刊擬定每個月能夠出版一集，盼望正視兒童文學教育及關心兒童生活教育者鼎力支持。稿件以創作為主，並歡迎學童的創作，每篇二千字至五千字為準。稿件寄臺北市復興南路二段一一二號三樓。本刊由郭成義主編，金文圖書股份有限公司發行。第一集為二十四開本，一八三頁，定價六十五元。帳號：○一○八二五九-九。

　　目前，又有兩種兒童字典出現。其一，收新字一四七八字，內容包含了兒歌、有趣的童詩、繞口令、謎語、國民須知等。另一本是用標準國字印刷，收四千字。檢視兩書，則可發現他們對兒童字典的特色，似乎不盡了解，甚且有不切實際之嫌。

　　籌備已久的「中華民國兒童文學學會」，終於於九月二十四日獲內政部函復「准予籌組」。並可望於十二月初正式成立，並召開成立大會。

　　以下試評介所見兒童讀物如下：

二　雜誌

火鴉、龍公主

以上兩本皆屬國語日報社快樂家庭故事集。《火鴉》，作者安珂，定價六十五元。《龍公主》，作者羊憶玫，定價七十五元。皆屬十五方開本，適合中年級同學閱讀。帳戶：國語日報附設出版部。帳號：○○○○七五九-五。

阿信

《阿信》是真人真事。原作者橋田壽賀子。日本 NHK 將之改編為連續劇，播出整整一年，締造了日本自有連續劇以來最高的收視記錄。接著日本卡通也畫出了阿信。「阿信」也帶給了我們電視臺的震撼，於是三家電視臺爭相模仿。「阿信」的故事，充滿了忍耐、信心與愛。阿信常認為自己的一生，好像是由夢中活過來似的，她常常反躬自省的是：「是不是忘了什麼重要的東西？」《阿信》的故事，包括少女篇、結婚篇、流浪篇、人生篇四個階段。兒童版的「阿信」，只是童年六歲到八歲的這個階段而已。中文版有文經社譯本，兒童版「阿信」，由葉娘得譯，有注音，定價一○○元。成人版由鍾肇政譯，定價一二五元。帳戶：文經出版社有限公司。帳號：○五○八八八○-六。

洪建全兒童文學創作獎六本

六本是：《石城天使》，呂紹澄著，龔雲鵬圖，定價二三五元。《鯉魚跳龍門》，林方舟著，周于棟圖，定價二三五元。《娃娃的眼睛》（兒童詩），方素珍著，趙國宗圖，定價一九○元。《小河愛唱歌》

（圖畫故事），廖春美著，林傳宗圖，定價一六五元。《齒痕的祕密》（童話），朱秀芳著，劉伯樂圖，定價三〇〇元，《奇異的航行》（小說），黃海著，蒙傑圖，定價二九〇元。前兩本是第九屆童話類得獎一、二名的作品，另外四本則是第十屆各類的第一名作品。其中，洪建全教育文化基金會把少年小說的首獎頒給黃海的科幻小說，可說頗具意義。以上皆為二十開本，印刷、裝訂皆具水準。其間《娃娃的眼睛》，文字編排稍差。各書都有標示讀者對象。以上各書由洪建全教育文化基金會書評書目社出版。社址：北市中華路一段八九之三號。帳戶：書評書目社，帳號：〇〇一九二七四-一。

快樂童年

　　本書是民生報叢書，劉興欽的作品。劉興欽的漫畫頗多帶自傳性。由此增加了鄉土性與兒童性。所以很適合兒童閱讀。本書描繪臺灣光復華，阿欽一家人從鄉下搬到市郊居住後的一些童年趣事。這些童年趣事是由阿欽的聰明與校長關懷所造成。本書定價八十元，由聯經出版事業公司總經銷。

快把窗子打開

　　本書是林武憲的兒童詩集，曹俊彥插圖，並由作者自費出版。作者是個拘謹、嚴肅的讀書人，但卻能引導孩子用童話的眼睛來欣賞眼前的一切，並且詩路亦廣，頗為不易，願大家給予鼓勵。本書二十四開本，一一〇頁，印刷可說精美。如果印刷字體小些，或者不注音，並且部分插圖不要太喧賓奪主，效果一定會更好。本書定價一五〇元。帳戶：林武憲。地址：彰化縣伸港鄉新港村二六〇號。帳號：〇二三四六六六-一。

兒童詩的創作與教學

本書是屬詩人坊叢書第八本。由趙天儀策劃，郭成義主編，並由金文圖書公司出版。定價八十元。帳號：〇一〇八二五〇-九，帳戶：金文圖書公司。社址：臺北市復興南路二段一一二號三樓。全書計有：兒童詩的創作與教學檢討專輯、成人寫的兒童詩、板橋教師研習會兒童文學研習班童詩組詩選、漢聲兒童詩選、兒童寫的小詩集、全國國小學生作品大展、兒童詩創作與教學座談會紀錄、外國兒童詩作翻譯、兒童詩的鑑賞與史料等輯。其中，個人以為史料部分較為可貴。兒童詩的教學，似乎已是語文教育不可缺少的熱門課題，並已形成一股熱潮。其間，由於新詩作者的投入，於是波瀾迭起。也因此，偶有黨同伐異的現象出現。個人認為不從教育與心理的角度談兒童詩歌，則所謂的兒童詩歌只是新詩的附屬品而已，並且，更有可能變成敲門磚。如果我們想讓兒童詩歌更有前途，則從事者自當要充實自己、改進自己、進而了解兒童，而後才能把兒童詩歌帶到一個視野更寬闊，內容更充實的世界。

孩子的心

這是小說家邵僩為大朋友和小朋友寫的一本書。他認為：「給父母一顆顆童心，會對孩子有更深的了解；給孩子一顆顆童心，是友伴愛的呼喚。」在他生命的歲月中，有二十八年和小朋友生命在一起、作息在一起。因此他擁有一顆雀躍的童心，也因此，他敞開自己的心扉。雖然，童年是屬於孩子們，但成年人也可以躍入。本書由爾雅出版社印行，定價八十元。帳號：〇一〇四九二五-一。

春到七美

是一本可愛的書。作者馬各，副題是偕子同釣第二輯。馬各帶孩子南北奔波，到處釣魚，帶領孩子培養正當的愛好，鍛鍊健康的體魄，探索大自然的奧秘與美妙，他與孩子之間的親情洋溢書中。讀馬各的書，使人感受到一股溫情，進而對生命充滿信心。因此，我願把它介紹給國小高年級與國中的同學們閱讀。本書是民生報叢書，帳戶：聯經出版事公司。帳號：〇一〇〇五五九-三，定價一〇〇元。

民生報叢書十三種

《不聽話的孩子》、《改變歷史的交通工具》是為翻譯本。《鼻子的學問》、《有趣的神》、《王子復仇記》、《丁丁的凝問》、《古典小小說第二集》、《人面猩猩》、《嬰兒樹》等七本，皆屬編著，有取材自國外，亦有取材自古書。至於《校園心聲》、《老外上小學》、《和你說知心話》、《文字列庫》等四書，則為撰述。其中，《老外上小學》，頗能引起學童的好奇心。以上各書都是民生報「兒童天地」裡精彩文章的結集。綜觀目前報紙兒童版，自當以民生報的「兒童天地」，及商工日報的「北回歸線」較為出色。以上各書，在文前都有短文介紹撰文者與插圖者。每書定價都是一〇〇元。帳戶：聯經出版事公司。帳號：〇一〇〇五五九-三。

啟元兒童文學叢書六種

啟元已很久沒有新書出現，而今推出六種。《謎宮之旅》，定價一二〇元。《趣味語文廣場》，定價一五〇元。《臺灣國語知多少》，定價一二〇元。《看古人說笑語》，定價一二〇元。《語文遊戲》，定價一二〇元。《兒歌世界》，定價一五〇元。綜觀各書，可知國語文的教學，

乃是海闊天空，只要有心，自會有所得。又其中，除兒歌世界是為家長及幼稚園老師編寫外，皆稱適合國小中年級以上同學閱讀。帳戶：啟元文化事業股份有限公司。社址：臺北市民生東路七七〇巷五弄十七號。帳號：〇五〇八三八八-五。

方塊字

本書是臺視兒童節目「快樂小天使」中「方塊字」單元的結集。方塊字的單元，以短劇、相聲等活潑的方式，每週介紹一個標準國字，深入淺出，極富趣味。本書以該節目播出的先後為順序，計收六十字。為二十五開本，並以宋體標準字體排印。本書編著者蕭麗玲，年輕肯上進，我們盼望她能更上層樓。本書定價一〇〇元。由臺視文化事業公司出版。帳號：〇一四六九六六-五。

臺北新動物園

本書是國內第一本針對即將開放的木柵新動物園區所編製的彩色動物圖書。所介紹的動物都是木柵動物園開放時新引進的。為了使物動們能活生活現呈現在我們眼前，更設計了立體照片和眼鏡，又為每一種動物，配置了一首兒歌。本書由百科文化事業公司發行，全書一百二十頁，採十二開彩色精密印刷。如果採用精裝，會更切實用。每冊定價三八〇元。帳號：〇一三四三九二-一。住址：臺北市光復北路七號二樓。

臺灣的常見野花第二輯

本書的出版距第一集已有四年之久，由此可見作者寫作態度的嚴謹。作者鄭元春，多年來一直致力於本土植物的介紹。所謂科學並非一定是高深不可測。落實的說，科學就在我們的生活中，引導人們邁

向科學天地的是人類那顆充滿冒險患難的心，而此心人皆有之，因此，我們可以說，科學是一種生活方式，理當從日常生活入手。從認識身邊的野花開始，而後方能邁向郊野山林。如此，大自然就在我們身邊，而科學也就自然生了根。本書由渡假出版社有限公司出版，屬臺灣自然大系第七種。本書如在編輯上再用點心思，或許效果會更好。帳戶：渡假出版社。社址：臺北市羅斯福路三段一二五號八樓二室。帳號：〇一三〇〇九五-四。本書未見定價，售價約在三〇〇元左右。

中央日報少年知識叢書四冊

即《動物的房子》、《奇異的昆蟲》、《奇異的魚類》、《奇異的爬蟲》等四冊。皆由王潔宇翻譯。為二十開本，內文照相打字正楷注音，採用一八〇磅模造紙，原版插圖彩色印刷，硬殼封面銅版紙上光，穿線精裝，每冊定價一六〇元，四冊合購特價五四〇元，郵購另加郵資八元。每冊前面皆有短文介紹原作者與插畫者。本書頗能滿足兒童的好奇心與求知欲，適合中年級以上的兒童與國中生閱讀。帳戶：中央日報出版部。帳號：〇一二一二〇-〇。

親代叢書九種

本叢書由親代週刊雜誌社編印。《小學生百科日記》，一年級兩冊，定價二四〇元；二至六年級各四冊，每年級四冊合計定價三八〇元，全套二十二冊，特價一九五〇元。《小學生 IQ 訓練》，低中高各一冊，每冊定價八十元。《動動腦》，定價八十元。《雙向交流道》，定價一〇〇元。《四季遊戲》，定價一〇〇元。《科學遊戲》，定價八十元。《腦力鍛鍊》，定價七十元。《有趣的數字旅行》，定價一百四十元。各書印刷頗為精美，要皆取材自日本。其中《小學生百科日

記》，構想雖好，但不切市場需要；《雙向交流道》，則專為老師論寫的實用手冊；而《斥責與褒獎的藝術》，即是東方出版社《稱讚與責備》一書的新版。帳戶：親代週刊雜誌社。社址：臺北市內湖區新民路二四三號一之五樓，帳號：〇七〇三二八八-八。

九一五計畫十五冊

時下的兒童讀物，在印刷裝訂上皆頗為講究，尤其是套書。所謂套書，原則上是指不零售的大部頭書。在眾多的套書中，時報的九一五計畫算是較為小型的。但卻頗為出色。本套書是由時報出版公司印行，張伯權主譯。為歐美版大十六開，用雙面雪銅及柔光護眼一五〇磅模造紙。全套售價一九五〇元。本套書適合九歲到十五歲學童閱讀，他們標示針對啟發右腦。帳戶：時報出版公司，社址：臺北市大理街一三二號。帳號：〇一〇三八五四-〇。

1984年12月-1985年3月

一　書影

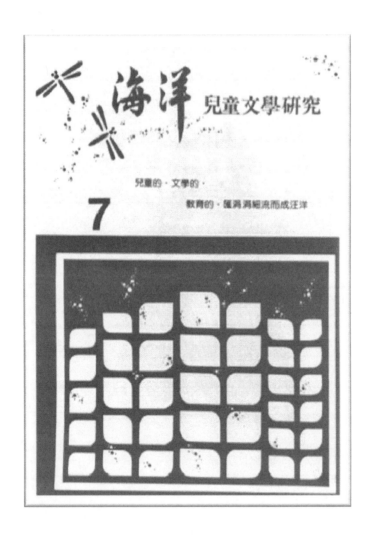

一九八四年，從年初到歲末，由民間和官方共舉辦了許多次的書展，其中有幾項是創舉，有些例行書展也有進步。但就兒童讀物而言，卻仍是套書和翻印的天下。

第十一屆洪建全兒童文學獎於十一月二十四日揭曉，共有少年小說、童話、圖書故事、兒童詩歌四類十二人得獎。

中華國民兒童文學學會於去年十二月二十三日成立，並於今年一月十三日，舉行理監事會議，選出各部門負責人，擬訂工作方針，相信在全體理監事的熱心推動下，必定能加速我國兒童文學的創作、出版和研究的發展，並且增進國際間的交流，加強社會對兒童文學的認識和了解，使我國的兒童文學對社會有更多的貢獻。

一九八四年金鼎獎得獎名單於一九八四年十月三十一日揭曉。其間有關兒童讀物者有：優良雜誌：《科學的實驗》。雜誌主編：孫小英（《幼獅少年》）。兒童讀物類：《白米洞》（信誼基金出版社）。

又漢聲出版社編譯的《世界最佳兒童圖畫書》，被新書月刊票選為七十三年度十年最具影響力的書之一。漢聲為我們的孩子，精選全世界兒童教育家、文學家、插畫家智慧與心血的結晶，輔助幼兒心理成長，啟發孩子科學精神，可說名至實歸。

元月十七日新聞局廣電處評選臺視《快樂小天使》，為一九八四年下半年最優自製兒童節目。另外，華視「童年」、中視「兒童天地」、「我愛卡通」，被評為優等的節目。

《龍龍半月刊》，自元月下期停刊。以後將改以叢書單行本不定期發行。又華視出版社發行的「華視漫畫叢刊──《劉興欽漫畫集》」，亦因稿源不繼，決定出版至第二○○集暫時停刊。《國中生月刊》自三月起亦停刊，共計出十八期。

臺灣省主席邱創煥於二月二日在臺灣省加強文化建設工作研討會中，呼籲國人要培養讀書風氣。該研討會並擬訂十項措施草案，其中

第九項是倡導兒童藝文活動。擬設立「兒童文學獎」，提倡兒童文學的研究與創作，舉辦兒童文學創作研習會及徵文比賽，並擴大舉辦兒童優良讀物巡迴展，以倡導兒童讀書風氣。該措施預定從七月起，三年內共運用新臺幣十億五千九百萬元，以推動各項文化建設，我們願拭目以待。

　　以下試評介所見兒童讀物如下：

二　雜誌

中國兒童週刊

　　該刊於一九八四年六月二十四日創刊，至今已有八個月之久。每期發行四開兩張，外加八開課業輔導專頁一張。內容平實可取，插圖清新活潑，適合中、高年級學童閱讀。全年五十二期訂費一〇〇〇元正。帳戶：周自峰。社址：臺北市南京東路四段一四三號七樓，帳號：〇七三二九六九-九。

父母親月刊

　　於元月創刊。該雜誌認為他們不是一本講求「熱度」的雜誌，也不是專說理論的學術期刊。本質上，他們希望藉著它，能夠幫助父母的成長，成為親子溝通的橋樑。因此，他們企圖追求的是提供一個親職教育的加油站，為所有無所適從的父母指出一個合宜、可行的新方向。所以，它是屬於您的雜誌。零售每本八十元，訂閱全年八〇〇元。帳戶：胡幼光。帳號：〇七五五二八三-七。雜誌地址：臺北市大安區安和路一五一號八樓之一。

書法藝術季刊

　　該季刊創刊號於一九八五年二月出版，為十六開本大型書法專業雜誌。由中華民國兒童書法教育學會發行。觀創刊號內容，有國際學術研討會專欄、藝術新潮、展覽報導、書家專集、環境觀、書法教育、書會專欄、觀念等。如果能加強技法講座、書法教育推展現況、書法教育問題探討等方面，或許更能符合發行的意義。每期定價二○○元，全年四期優待價六○○元。帳戶：中華民國兒童書法教育學會。社址：臺北市新生北路三段之二號三樓。帳號：○一八一五九-九。

三　圖書

吳姐姐講歷史故事（第七集）

　　吳涵碧的歷史故事，愈寫愈叫座，第七集講的是唐代至五代之間的故事，計有五十則。有郭為藩先生寫的序文。定價一○○元。帳戶：中華日報社出版部。住址：臺北市松江路一三一號。帳號：○○○二二五○-九。

童話的智慧（上、下）

　　編撰者吳當，金文圖書公司出版。兩本書共選十九篇童話，每篇的體例：動動腦想一想、智慧的火花、動動腦想一想參考答案、腦力測驗。其中「智慧的火花」是作者寫給小朋友的話，具有教育性。動動腦與腦力測驗的題目都很活。一般說來，本書對閱讀習慣還停留在視覺瀏覽的兒童，可以引導他們修正自己的讀書方法，進一步去了解

文章的內涵。本書所選童話都令人喜愛，也包含了各方面的含意，只是文章出處未能有清楚的交代。本書為二十五開本，兩本定價一〇〇元。帳號：〇一〇八二五〇-九。帳戶：金文圖書有限公司。地址：臺北市八德路二段四三七巷六弄八號。

中國鄉土故事

　　最近幾年，研究風土民俗的風氣極盛，關於鄉土掌故傳說的著作？年年都有新作品出版。其間以朱裕宏先生的「中國鄉土故事」系列叢書最為可取。該叢書具有知識性、趣味性，是富有啟發性、教育性，可謂老少咸宜。可作為全家人的共同讀物。該叢書從一九八四年元月起，每月出版一本，至今共有十二冊，定價八四〇元，優待價五八八元。帳戶：龍門圖書公司。地址：臺南市新和路八號。帳號：〇〇三五三〇〇-一。

中國民間童話全集

　　童話是屬於外來語。一般說來，在初民之時，或許無神話、傳說、童話的分別。直到後來，人們的生活逐漸進步，時間有了餘裕，便將神話和傳說的內容，依據孩子的年齡與生活經驗，選擇了一些適宜孩子聽講和接受的故事，省略其中繁雜難記的材料，特殊的人名和地名，或者依照講者和聽者的環境，近取諸身的材料，用孩子容易領會的事物貫串著情節，並用平易的語言講出來，這就是童話。因此我們可以說童話是從神話、傳說轉變下來的。它也是一種遊戲的故事，而所謂民間童話是指具有想像、怪異、虛構占優勢的民間故。它是產生於民間無名氏者積極的浪漫主義的美麗想像，也是現實社會中根本不可能存在的事物，但又使聽者感到合於情理，易於理解，它是民族想像美學的遺產。民國初年，由於民俗學家的採集，使我們的民俗文

學受到重視，其間並有人加以整理彙編。而今，金文版「中國民間童話全集」，即取自民初「林蘭民間故事叢書」，並由郭成義先生加以精選改編。全集共七冊，為二十五開本，單冊定價五十五元，全集合購三五〇元。帳戶：金文圖書有限公司。帳號：〇一〇八二五〇-九。

水牛和白鷺、人定勝天

《水牛和白鷺》全書包括神奇的小屋、小馬變成斑馬等四十二篇，國語日報出版部標示為注音短篇故事集，而實際上是短篇童話，每篇六、七百字左右，可說清新有趣。適合中、低年級閱讀。定價五十五元。《人定勝天》，原作者山本有三，譯者嶺月。本書介紹幾位以堅毅不拔的毅力，克服環境的困難和障礙，完成了不凡的抱負，包括巴拿馬運河的開鑿，法拉第等六個真實的記載，以及古代世界七大奇觀的故事。所謂人定勝天，是指人有無限的潛力，遇到困難的時候，它會隨時發揮出來幫助你。只要你在困境中不忘提醒自己樂觀、能夠奮鬥，成功必定是屬於你的。偉大的成就不是靠天才和幸運編造的，而是要有樂觀的心和堅忍不拔的毅力。本書定價六十元。帳戶：國語日報社出版部。帳號：〇〇〇〇七五九-五。

九歌兒童書房第四集

本集計四本：《地心歷險記》，張寧靜著，劉宗銘圖。《超級糖漿》，原著者布拉姆（Judy Blume），譯者汴橋。《發明家貓偵探》，原著者寺村輝夫，嶺月譯。《楊小妹在加拿大》，卜貴美著，九歌兒童書房皆能保持相當水準，適合中，高年級的學童閱讀。其中布拉姆，據美國《作家》（Writer）雜誌最近報導，名列八十四年度最暢銷兒童文學作家第一名。全套定價三〇〇元。帳戶：九歌出版社；社址：臺北市八德路三段十二巷五十一弄三十四號。帳號：〇一一二二九五-一。

小作家第三輯

這是國語日報一九七八年到一九八四年間。國小組「每月徵文」前三名得獎作品彙集而成的。從二十一集到二十五集，共五本。每集中包括十六種不同題目，四十八篇作品，定價二〇〇元。帳戶：國語日報出版部。帳號：〇〇〇〇七五九-四。

四人行、小茹的迷惘

這兩本書是教育部委託正中書局編印的表少年法律叢書。由葉雪鵬、吳啟賓、楊仁壽二位資深的司法官和法律專家執筆。過去坊間出版此類叢書，多半偏重犯罪的防制，而這兩本則嘗試將憲法、民法、刑法及行政法中涉及日常生活事項，均酌予編入，並以說故事的方式，力求輕鬆活潑，使讀者不覺沉悶枯燥，於潛移默化中，獲得知法、守法之效益。我們知道良好守法習慣的養成，必須從兒童與青少年時期開始。法律是一門精深的學術，知法雖然不是一件簡單的事，但將一般法律常識，灌輸給國家未來主人翁，則為從事教育與法律工作者應有的責任。是以我們願意介紹這兩本書給國小高年級及國中生閱讀。兩冊一八〇元。帳戶：正中書局。住址：臺北市衡陽路二十號。帳號：〇〇〇九一四-五。

小人國

傅堪輯，由民生報讀者投稿結集而成的《小人國》，收集了現實生活中四百則令人莞爾一笑的童話童語，引導人們重新回到兒童世界，並且使我們用兒童的快樂來感覺這個世界。定價八十元。帳戶：聯經出版公司。帳號：〇一〇〇五五九-三。

哈哈鏡

　　《哈哈鏡》本屬《幼獅少年》月刊的一個專欄。今彙輯成書，計收校園趣譚六一一則。簡短的每則笑話，或許能帶給學童幾許的歡笑。本書列為幼獅少年叢書第六種，定價九十元，二十五開本。帳戶：幼獅文化事業公司。地址：臺北市重慶南路一段六十六之一號三樓。帳號：○○○二七三七-三。

漢聲小百科

　　漢聲繼《中國童話》、《世界最佳兒童圖畫書》後，又推出《漢聲小百科》。並稱歷經三年精心策劃，匯集十四年田野調查珍貴資料，及百餘位科技專家親身指導，兒童教育家們參與編撰與製作。他們強調從本土出發，以圖像說明，並以故事性科幻的角色來引入，就是有心讓兒童從認識身邊的事物，開始關心自己身處的環境，乃至整個宇宙自然，在不帶勉強的情況下，讓孩子們快樂自然的吸收科學知識。在內容和結構上，《漢聲小百科》包括純科學、自然科學和社會科學。全書比照全年十二個月，每月一冊。每天一則新知識，每月一主題，由小我到大我，循序漸進。每冊約一四○頁，菊版八開。全年十二冊預約四一○四元。

夏山學校

　　原著者尼爾（A. S. Nell），也就是夏山學校的創立者。夏山學校是一所讓兒童自由發展的學校，摒棄管訓、約束、指導、道德訓誡和宗教教育，它的基本目的是使學校適應兒童，而非兒童適應學校，完全以兒童為中心。夏山學校寧願培養一個快樂的清道夫，也不願意製造痛苦的工程師。夏山學校是一個小國寡民式的「理想國」，它的理

想、形態和方式，在客觀條件的限制下，或許不容易採用。然而，尼爾的寶貴經驗和獨特的見解，卻特別值得現階段的父母和教育人士閱讀。本書可說是兒童教育史上最具震撼力和開創性的著作，整本書就是一個愛孩子的故事。本書中文譯者王克難。二十年前曾由立志出版社發行過，可惜不久「立志」關門，也就絕版。二十年後由遠流出版公司發行，並列為大眾心理學全集第二十五種，出版不到三個月，即被《新書月刊》（1985年1月，第十六期）推介為最具影響力的十本書之一。本書為二十五開本，三五四頁，定價一一〇元。帳戶：遠流出版公司。地址：臺北市汀州路七八二號七樓之五。帳號：〇一八九四五六-一。

愛與管束——和孩子一起成長

本書是學前教育叢書，作者鄭玉英。愛與管束，是孩子人格成長中不可或缺的兩個要件，就像放在天平兩端的砝碼，需要平衡一樣。但重的是父母與老師，必須用心去了解孩子的能力、性格及優、缺點。惟有如此，才能做到因材施教，發揮個別差異的真諦。也因此，才能明白一個孩子長大的過程，必然也是父母自己的成長過程。只有父母也跟隨著孩子的成長而成長，才能從養育孩子的困擾中，探討自己、了解自己，然後得到一套適合自己，也適合孩子的教養方式。因此，為人父母者必須設身處地，具有同理心，尊重孩子的感受，並與孩子一起成長。本書四十八開，定價八十元。帳戶：信誼基金出版社。社址：臺北市重慶南路二段七十五號。帳號：〇一一二九八八-七。

1985年4-7月

一　書影

　　隨著中華民國兒童文學學會的成立，有關兒童藝文活動確實多了
起來；而大家也熱熱鬧鬧的在討論著有關兒童讀物的問題。於是乎，
兒童文學圖書大展、兒童圖畫書展、講座會、巡迴講座皆出籠了。然
而，兒童圖書的硬體公害問題仍然存在。令人遺憾的是國內兒童讀物
的出版，很少是經過長期研究規劃、精雕細琢而產生。常見的是抄襲
外國人的構思，或者拿香港的作品來改頭換面；不求內容的精實突
出，卻專邀所謂的專家、名家推薦，動輒菊八開或十六開本。其實，
這種大版本的書，中但增加父母的負擔，而事實上也非常不適合兒童
閱讀。如《不朽的科學家》，觀其內容，或為可取；然而，那種豪華
的印製是否必要？又插圖是否合適？有時明明是國內創作的圖畫書，
卻又是冒出從左翻起，文字橫排。如果我們想談文化的學習，似乎不
能不注意這種事實的存在。

　　號稱要帶給全家歡樂的《漫畫星期六》，於三月九日創刊；卻也
僅出了八期就結束。而金文圖書公司的《兒童小說坊》，也僅出了第
二集（《唐突小鴨的故事》）就結束了。

　　在眾多的讀物中，仍以漢聲的《小百科》最具本土與實際。只是
未全部編頁數，翻閱有所不便。

　　以下試評介所見兒童讀物如下：

二　雜誌

國際中文版哥白尼 21

　　中文版於二月創刊，原版為日文。該刊宣稱是邁向二十一世紀少
年少女的科學雜誌，適合國小高年級、國中生閱讀，該雜誌說明命名
由來是：哥白尼（Copernicus, 1473-1543）以「太陽為宇宙中心的天
體運行論」——地動說，改變了人類有史以來，以地球為宇宙中心的

天體運行觀。由此開始了宇宙天文研究的新紀元。從哥白尼的成就延續，到二十一世紀太空科技的高度發展，人類的宇宙觀，又將呈現另一個新的里程碑。《哥白尼21》科學雜誌的命名，就是希望孩子也像哥白尼倡導地動說開創了新世界一樣，用自己的手來開創未來的二十一世紀。再者，《哥白尼雜誌》的英文字 C.O.P.E.L. 也象徵了現代科學在探討：宇宙（Cosmos）、海洋（Ocean）、物理（Physis）、能源（Energy）、生命（Life）的五個大方向。該刊每期定價一八〇元，全年十二期一八〇〇元。帳號：〇七五八三一九-九。帳戶：哥白尼科學雜誌社。發行所地址：臺北市敦化南路五一六號六樓。

智慧

在兒童節的前夕，一份號稱獻給全國小朋友的《智慧》兒童雜誌誕生了。他們認為智慧是人類畢生學習的最終目的，它是知識和美德的擴充。這個道理，用在小朋友的學習上，也不例外。因此，他們把刊名命名為《智慧》。該刊在基本精神上，重視「創造性、生活性、智慧性、趣味性」的「智慧」。以臺視文化事業公司的財力，不難創辦出一份真正屬於兒童的刊物，我們願意拭目以待。每期定價一二〇元，全年訂閱一二〇〇元，帳號：〇一四六九六六-五，帳戶：臺視文化公司，地址：臺北市八德路三段二號十一樓A。

三　圖書

小胖小

是一套創作兒童歌集，由信誼基金會出版。這套兒歌集共五冊：《小胖小》，潘人木文，曹俊彥圖。《走金橋》，潘人木文，曹俊彥圖。《你幾歲？》林良文，趙國宗圖。《顛顛倒倒》，華霞菱文，洪義

男圖。《嘰哩呱啦》，林武憲文，陳永勝圖。書的印刷、裝訂和插圖都是相當不錯。兒歌是孩子們真正的詩，今日雖無歌謠可言，但我們仍可用現代的生活，與現代的語言來創作，給我們的兒童留下一些情趣，不必再斤斤計較詩與歌之分辨。隨著師專幼教科成立，兒歌也日益受重視。但願《小胖小》的出版，能為創作兒歌起了一個帶頭的作用。全套定價五〇〇元，帳號：〇一一二九八八-七。帳戶：信誼基金會出版社。地址：臺北市重慶南路二段七十五號。

龍吐珠、童言

兩本皆屬第十一屆洪建全兒童文學創作獎得獎作品。《龍吐珠》，得圖書故事類，圖文皆王丁香，是一本有創意且童趣十足的圖畫故事書，定價一一〇元。《童言》，得兒童詩類的第一名。題材寬廣，內容豐富多樣，設想巧妙，意象生動，頗富情趣與清新。這兩本得獎作品，在狹長的書套介紹裡，印有評審委員、得獎評語、得獎感言。個人認為如果把這些項目，正式放進正文裡，同時由評審委員分別寫一篇二百字左右的評語，或許會更具說服力。帳號：〇〇一九二七四-一，帳戶：書評書目社，地址：臺北市中華路一段八九之三號。

小小童話選

陳正治編著，王瑞珍插圖，啟元文化公司出版。本書收集三十五篇由國小高年級小朋友寫的童話，每篇童話都附有解析，可讓小朋友在讀完各篇童話後，深入了解作者寫作的題旨及寫作的頭領。又本書前半部附有陳正治先生所寫的《談兒童寫童話》和《怎樣寫童話》，可供老師指導兒童寫童話的參考。本書或以陳先生多年前編選的《小朋友寫童話》（1982年臺灣國語書店）為底本，再度加以編選而成，其中相同篇目約有半數。本書定價八十元。帳號：〇五〇八三八八-

五，帳戶：啟元文化事業股份有限公司。住址：臺北市民生東路七七
○巷五弄十七號。

燕心果

這是小說家鄭清文的童話作品集。雖然我實在難以同意李喬先生
在序文裡，那種忘了自己是誰的態度；但是，仍不得不承認《燕心
果》這本書充滿了感情，而且平實生活化。那些故事都是每個人，或
多或少都曾有過的經驗，這種根植於鄉土的創作，正是它的可貴處。
本書定價九十元，帳號：○五六二五三三-八，帳戶：出版街雜誌
社，住址：臺北市金門街十一巷七弄五號。

兒童的文學創作

這本集子是洪中周先生的「文學創作教育」的實驗成果。他選了
十個文學天分較高、語文成績較好的六年級學童來當他的學生，然後
以半年的時間逐步授予文學創作的課程。結果發現十個兒童都能充分
吸收他的指引，掌握文學創作的各種不同的形式和特質。他的實驗，
等於為兒童的創作教育提出了一個重要的新觀念。那就是「文學創作
教育」不必僅限於寫兒童詩；加入更多的文學形式，使它具有多樣
性，更能引起兒童的興趣。這本集子等於是他的實驗報告，包括他所
設計的全部課程和學生的作品在內，可作為寫作教學的參考。但個人
一直以為語文教學本身就是以能力本位為主的教學，從教學的設計
中，實在看不出有關的情意部分，因此，想要教好語文科，除了吸取
別人的經驗外，更重要的是使自己走入語文的世界裡。本書定價二
○○元，帳號：二一二三二○-三，帳戶：洪中周。住址：臺中市英
士路四六巷七之三號。

民生報兒童叢書十本

本次民生報兒童叢書，計出九種十本：《世界搜奇》，雲楓輯，朱孝慈圖，定價一二〇元。《珍珠寓言集》，王壽來譯，定價一〇〇元。《黃金鞋》，桂文亞編，謝明錩等圖，定價一〇〇元。《妹妹寶貝》（手足情深），桂文亞編，濯石等圖，定價一〇〇元。《月亮的大衣》，曉東譯，洪義男圖，定價八十元。《小龍遊藝術世界》（上、下），周密文，周于棟圖。定價皆為八十元。《古典小小說》（第三集），謝武彰文，洪義男圖，定價一〇〇元。《猴宮》，朱邦彥譯，董大山圖，定價八十元。《赤腳走過田園》，謝武彰文，曹俊彥圖，定價八十元。各書皆能保持一貫的水準，可讀性頗高，其中屬於創作者有：《妹妹寶貝》，其價值在於它的自然與真實，它記錄了這個時代的生活，也記錄了一個個家庭中最深刻的成長經驗。而《赤腳走過田園》，則是作者追憶童年生活的品集，對現代都市的孩子來說，三十年前的農村，已經成為遙遠的夢想。至於《小龍遊藝術世界》，是借龔爺爺和小龍的日常談話，把有關中國藝術的故事和常識一一說出，並由此帶領小朋友走進中國的藝術廟堂。帳號：〇一〇〇五五九-三。帳戶：聯經出版事業公司，地址：臺北市忠孝東路四段五六一號。

凡人？偉人？

這是親代叢書的一種。本書分為父母篇與子女篇二冊，父母篇列舉了世界偉人的童年遭遇，並且在每個單元後面附上一篇「給媽媽的建議」，告訴您應該怎麼做，可不要把太聰明的孩子看成白痴。子女篇則用比較淺白的文字來敘述這些故事，並附有漫畫、圖片，及一個「創造思考」題目，讓孩子去發揮腦力，以訓練思考，創造能力。本書原作者為日本伊藤隆二，中文版由親代週刊雜誌社編譯。兩冊合購

二〇〇元，帳號：〇七六四〇四三-四，帳戶：惠智出版社。地址：臺北市內湖區新明路二四三號。

我們的宇宙

　　這本書原是馮鵬年先生在中華日報兒童版的一個專欄，他用寫故事體的筆法，生動有趣的語調，深入淺出的為讀者敘述宇宙的奧秘。好像帶著讀者從地球出發，做了一次太空的旅行。由於內容精彩有趣，因此，輯印成書，頗合適國小高年級、國中生閱讀。本書定價二〇〇元，帳號：〇〇〇二二五〇-九，帳戶：中華日報社出版部。地址：臺北市松江路一三一號。

我愛大自然信箱（五集、六集）

　　這是中華日報兒童版的專欄結集。由楊平世先生回答有關小朋友的問題。科學生活化是這個專欄的主要目的。我們知道，在現今的環境裡，科學與我們的生活息息相關，身旁的一桌一椅，都是科技的結果，我們怎麼會缺乏科學教育的資源呢？或許如何讓我們的孩子真實地生活在他們的環境中，乃不失為科學教育的根本，而這也是該專欄歷久不衰的原因。每集定價一六五元。帳號：〇〇〇二二五〇-九，帳戶：中華日報社出版部。

所羅門王的指環、茄子與碎肉

　　這是兩本有關動物行為的書，由東方出版社印行。《所羅門王的指環》，原作者勞倫茲是一九七二年諾貝爾醫學獎的得主，他以「嚴格記實」談動物的習性生態，是一本通俗且權威的著作。中文版由游復熙、李光容合譯。曾於一九七二年印行，而今修訂再版，定價一〇〇元。《茄子與碎肉》，原作者是吉瑞・杜樂，作者用幽默生動的筆

觸，將人物和動物交錯在讀者眼前，令人在捧腹之餘又上了有意義的一課，是一本兼具教育、娛樂、知識多重效果的讀物。本書中文本由李光容編述，定價一〇〇元。以上兩書皆合適國小高年級、國中生閱讀。帳號：〇〇〇〇〇〇二-六。帳戶：東方出版社。社址：臺北市重慶南路一段一二一號。

威威的照相機

張博治編著。本書用故事體的形式，導引兒童了解簡易的照相知識，進而帶兒童進入攝影的世界，可作為兒童攝影的入門書。本書定價一三五元。帳號：〇一六二三七七-五，帳戶：雪山圖書公司，地址：臺北市八德路三段七號五樓。

小兒語

郭立誠女士繼《小四書》之後，又譯註了《小兒語》一書。對於郭女士的用心與苦心，確實很值得我們敬佩、效法，但若要學生喜歡它，主動去閱讀，恐怕不易，或許該看的是父母與老師。目前的父母師長，實在有必要了解我們傳統教育的方式及價值，因此，我願意把本書介紹給父母或師長們。本書收《童蒙須知》、《小兒語》、《時勢三字經》、《民國三字經》等四書，定價八十元。由號角出版社出版。帳號：〇五六二五三三-八，帳戶：出版街雜誌社。地址：臺北市金門街十一巷七弄五號。

1985年8-11月

一　書影

　　行政院新聞局於一九八五年六月，又編印了第三次推薦優良中小學生課外讀物清冊。計推薦圖書二三四種，六七二冊，雜誌六種。且據編印清冊裡說明，入選之書盡量以國創作為主。但綜觀國小部分，雖不能說是老舊的故事，任意刪節的翻譯作品，至少是翻印（或者應該說是盜印）的天下。如果所謂的優良課外讀物，只是以字體大小等印刷為準，而不進一步去注意內容，以及尊重原作者，如此是否有助於學生的精神生活，實在是個疑問。竊以為往後的推介，理當加強內容的審定。而所謂的翻譯作品，要以取得翻譯版權者為主（至少也該有原作者的同意翻譯書），否則皆不應在推介之列。又推介圖書，理當列出作者、譯者之姓名。

　　在推介之列的國人創作裡，要以中華兒童叢書為多。該叢書可說物美價廉，可是卻鮮為人知。該叢書是由省教育廳兒童讀物編輯小組負責編輯，並由省教育廳屬下的臺灣書局印行。該書局不重視推廣，也不跟隨時代改變經營方式。個人認為可擴大該叢書的稿源，如由省、市教育當局，定期舉辦有關兒童讀物的創作徵文，入選者除給予高額獎金外，並列入中華兒童叢書，而後依發行冊數給予版稅，如此，既可引人重視，亦可培植優良的兒童文學作家，否則，我們單本的優良讀物，實在不容易出版。

　　《我們的》雜誌從第四期起，有桂文亞的「青苗集」專欄，該專欄以論述有關「兒童」的問題為主。又文化大學青少年兒童福利系兒童讀物中心，為提升我國兒童讀物的創作水準，擬在有關刊物上開闢兒童讀物書評專欄，第一篇書評〈評失蹤的河水〉，於九月號《婦女雜誌》的「家庭書坊」正式推出。

　　在九月裡，國民教育又成了話題，《我們的》雜誌第六期、《師友》雜誌第二一九期，皆有專論。隨著「發展與改進師專教育計畫」的實施，希望能早日使師專教育邁入新紀元。更寄望教育界與社會大

眾應建立一項觀念：小學教師是因為其興趣專長在於小學教育，並不是因為能力條件較其他級教師差。當然，身為小學教師者，更不宜妄自菲薄，而不知上進（非關學位之進修）。詩人吳晟有本詩集《向孩子說》，身為國小教師者，或可從其中體會或印證若干。

　　以下試評介所見兒童讀物如下：

二　圖書

三國演義

　　雖然《三國演義》曾經是部家喻戶曉的小說，而今，知道作者的人恐怕不多了。我們對美好的古老事物實在忘得太多。在遺忘之中，我們又見林文義繼《西遊記》漫畫之後的《三國演義》漫畫。

　　《三國演義》漫畫，從桃園三結義畫到「劉、關、張、曹」的逝世，把古典名著改編為長篇漫畫，使我們兒童認識傳統文化之美，或許是漫畫家可行之路。本書分上下冊，每冊定價六十元。帳戶：宇宙光出版社。社址：臺北市新生南路二段三十五巷七號。帳號：○一○一三三三-六。

世界童話之旅

　　全套四輯：動物篇、植物篇、人物篇、事物篇，為十五開本，是日本藤城清治收羅世界各地的童話、寓言、故事編輯而成，並以彩畫影繪插圖。可說故事篇篇精彩，圖片張張動人。中文本由賴明珠翻譯。本書最大的特色是在插圖，而書中未能對「彩畫彩繪」與插圖者略加說明，是為美中不足。本書全套定價八○○元，每輯二○○元。帳戶：聯經出版公司。社址：臺北市忠孝東路四段五六一號。帳號：○一○○五五九-三。

醫學童話（一）、（二）、（三）

　　許多父母時常不正當的塑造醫生、護士的形象，造成兒童拒上醫院、害怕生病的觀念。於是有幾位醫生有了《醫學童話》的構想，希望以童話的形式來打比喻及暗示，在有趣的故事情節當中，不著痕跡的加入醫學常識，並富於生活教育，讓孩子了解自己的身體，也了解一些常見的疾病。本書原為日本八位醫生聯合執筆，中譯本由洪美惠主譯，並由洪建全教育文化基金會出版。中譯本的編排分為兩部分：即童話與醫學解說，醫學解說是提供父母及老師解說之用。綜觀全書，如果能用黑色印刷，並且能尊重原作者，或許效果會更好。每冊定價一〇〇元，帳戶：書評書目社。社址：臺北市中華路一段八九之三號。帳號：〇〇一九二七四-一。

中華兒童作文選（二）

　　目前各報都闢有兒童版，供兒童閱讀及寫作。但真能把兒童作品結集出版的，則似乎不多，而中華日報的《中華兒童》，不但結集出版，且具有很高的水準，值得其他小朋友參考之用，尤其難得的是其題材，都是平時想也想不到，因此頗生動又有趣。本書定價一〇〇元。帳戶：中華日報社出版部。地址：臺北市松江路一三一號。帳號：〇〇〇二二五〇-九。

我家的頑皮鬼、不要小看你自己

　　這是集民生報三年來「兒童天地」版精彩動人的小朋友的文章選集，同時請林良、嚴友梅等二十位兒童文學作家為每篇作品寫「欣賞」文字。並附有杜榮琛〈寫作的技巧〉、郭明福〈給你一根神仙指頭〉、及桂文亞〈寫出心裡的話〉，可以幫助兒童寫作及欣賞作品的指

引文章。每冊定價皆為一二〇元。帳戶：聯經出版公司。帳號：〇一〇〇五五九-三。

吳姐姐講歷史故（第八集）

本集所講的故事以北宋為主，從趙匡胤黃袍加身到杯酒釋兵權，以迄徽宗皇帝。在五十篇故事中，有歷史上的著名疑案「斧聲燭影」，有家喻戶曉的楊家將和貍貓換太子，以及民間所敬仰的包青天，其間並將史實和傳統作了一番比較與說明。本書定價一〇〇元。帳戶：中華日報出版部。社址：臺北市松江路一三一號。帳號：〇〇〇二二五〇-九。

琦君寄小讀者

本書是女作家琦君旅居美國後，把自己旅遊見聞、生活趣事，以書信的方式寫給國內的小讀者，她的每一封信都是一篇有趣的真實故事。不論是出國旅遊、小動物、小花小草、或琦君自己在國外出洋相等瑣碎小事，從她那溫厚、生動有趣又能啟發童心的筆端寫來，溫馨又感人。本書適合高年級閱讀。定價九十元。帳戶：純文學出版社。地址：臺北市重慶南路三段三十號。帳號：〇〇〇五三三三-一。

動物園趣話

由於社會結構的改變，人們接近大自然的機會越來越少，因此，動物園成了新興的娛樂場所。本書作者張夢瑞對動物很有興趣，蒐集了不少有關圓山動物園中的故事，全是當時報上的花邊新聞。他翻了多少年的舊報紙才找到這些有趣資料，寫成這本書，藉著作者的報導，喚起社會大眾對動物的認識及參與，使人人在動物園獲得更高層次的精神享受。本書最適合國小高年級的國中生閱讀。定價一〇〇

元。帳號：宇宙光出版社。地址：臺北市新生南路二段三十五巷七號。帳號：○一○一三三三-六。

馬老師的關懷

法律是社會生活的規範，而守法則必須由兒童開始，各級學校公民與道德的課程，就是為達到這一目的而設。但因法律是枯燥的，如果能以輕鬆活潑趣味性的故事，使中小學生易於吸收，則教育的效果終將有所不同。是以教育部委託黎明文化公司編撰以中小學生為對象的法律常識叢書，本書撰文者有：葉雪鵬、吳啟賓、楊仁壽。定價八十元，適合中年級以上兒童閱讀。帳戶：黎明文化事業公司。社址：臺北市信義路一段三號十樓。帳號：○○一八○六一-五。另有《父親的煩惱》，與本書同時出版，由於印刷字體的關係，不適合國小學童閱讀。

孩子夠聰明，父母怎麼辦？

本書是《學前教育》月刊裡，有關「幼兒才藝學習」系列文章的結集。本書除了提供父母在考慮需不需要讓孩子上才藝班時作為參考之外，也擴展父母對兒童學習認識的層面。只有了解兒童學習的層面，才能進而幫助孩子快樂地成長、學習。因此，個人願意把這本書介紹給現代年輕父母與老師們。本書定價八十元。帳戶：信誼基金出版社。社址：臺北市重慶南路二段七十五號。帳號：○一一二九八八-七。

家有資優兒

這本書是資優兒王乃慶的父親王則敏先生，以口述的方式來介紹他們夫妻教育孩子的方式。當然，不可能每對夫妻都會生下資優兒，

也不可能每位老師都教到資優生，但是，因本書很實在的寫出孩子的生活及求知方式，值得每位為人父母與為人師表者一讀。本書定價一二〇元。帳戶：惠智出版社。社址：臺北市內湖區新明路二四二號。帳號：〇七六四〇四三-四。

改寫本西遊記研究

研究《西遊記》的學者專家很多，不論單篇論文或專著，均有可觀的成績；至於研究如何將《西遊記》改為兒童或青少年讀物者，卻不多見，而本書作者洪文珍先生就三十二種不同的《西遊記》改寫本，研究其情節取捨與標題製作，並進而歸納出改寫本的評估標準。本書由慈恩出版社印行。地址：高雄市仁愛一街三〇二號，定價二〇〇元。

慈恩兒童文學論叢（一）

佛教慈恩育幼基金會自一九八一年暑期起，舉辦慈恩兒童文學研習會，前後已歷四年。研習主題由綜合性而進入童話、兒童詩歌、少年小說、插畫等專題。而本論叢即為研習會歷屆各課程的部分講稿，在兒童文學論述缺少的今日，本書或許可為兒童文學愛好者，提供一些參考資料。本書由慈恩出版社印行。流通處為高雄市仁愛一街三〇二號宏法寺，流通價新臺幣二〇〇元。

1985年12月-1986年3月

一　書影

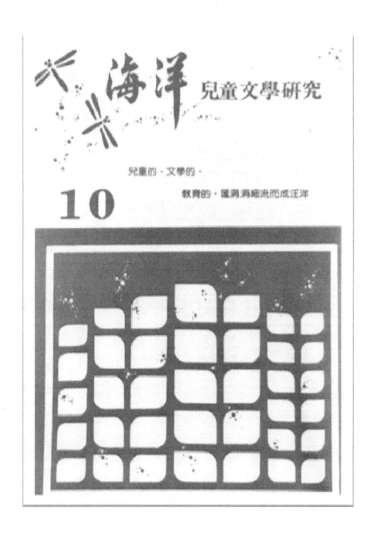

　　在一九八五年底最振奮師專師生與國小教師者，無疑是師專改制的決定。懸置已久的改制問題，總算有了著落。然而，亦由此引發了許多各種不同的意見。誠然，改制問題並不單純，而有關當局不知事前曾否做過各種有關的調查與研究，因此，宣布之時確實使人有點突然之感覺。許多人認為：師專原有空間場所不足，原有設備仍嫌不夠，而教師素質亦有待提高。但持平的說，師專是公立學校，這些所謂的不足，該由誰來負責。長期以來，所談論的師範教育，又有多少人真正關心過國小師資的培養問題，如今，焦點一致。寄語有關當局能以最謹慎、嚴謹的態度，考慮各種錯綜複雜之因素，擬定出具有高度前瞻性、開創性之國民教育學院有關計畫。

　　至於，對兒童最具吸引力的可能是哈雷彗星。哈雷彗星一九八七年拜訪地球一次，兒童是最有機會再看到另一次的人。哈雷彗星能帶給兒童什麼？或許是身為師長們理應思索的問題。

　　師專改制，存有許多待改進之事項，圖書館是其中之一，如何使圖書館具有師範學校的特色，或許針對國小各科建立教學與研究資料是必須的。除外，也該有兒童文學研究室之設立。只有把兒童文學提升到學術研究的層次，方能有長足的進步。中華民國兒童文學學會第一屆第二次會員大會裡，除印發《認識兒童》文學一書外，並舉辦第一屆兒童論文討論會。雖然，仍有待改進之處，但是，這次討論會在國內兒童文學發展史上，卻是一件值得慶幸和重視的大事。盼望能隨師專的改制，而使兒童文學真正登陸學術界。

　　兒童文學的工作，雖是寂寞，但仍有人願意為鼓勵而努力。如洪建全兒童文學創作獎與柔蘭獎。前者第十二屆與後者第四屆之得獎作品亦皆已揭曉。

　　《漢聲小百科》十二冊已全部出齊，該套可說是一九八五年度裡最傲世的兒童讀物。我們的出版商，應該稍稍拿出一點良心來，漢聲

能，你們也該能。金鼎獎兒童文學圖書出版獎事件，仍亦可反映出官大學問大的心態，再印證李表哥，怎能不令人氣短。又臺北市分類圖書展第一梯次兒童讀物展，雖然展出的內容和方式有待精進，但仍不失為近年來較具水準的一次兒童讀物展，如果能在臺灣各地巡迴展出，或把該批讀物轉贈其他偏遠的文化中心，才真正是功德無量。

以下試簡介所見兒童讀物如下：

二　雜誌

親橋雜誌

一九八五年十月創刊，是親代關係企業。其設立之宗旨是做好「親」子「橋」樑的服務工作。而前四期卻以生活性、知識性、分析性與輔導性的前瞻性家庭刊物出現。從第五期起，則又以「親子」關係為主，並濃縮篇幅。該刊印刷精美，可讀性很高。每期零售八十元，長期訂閱全年八〇〇元正。帳戶：親代週刊雜誌社。社址：臺北市內湖區新明路二四三號一之五樓。帳號：〇七〇三二八八-八。

現代教育季刊

一九八六年元月創刊，每年一、四、七、十月出刊。該刊認為：教育是一切的根本，而我們目前的探究卻趨於貧乏，是以擬思提供各界、客觀、自由、開放的園地，藉由對教育理論與實際的理性探討，因此有《現代教育》的創刊。所謂「現代」，乃係「過去」的延續，「未來」之基礎，所以「現代教育」並不自限於現代，而要兼顧現代的歷史性與前瞻性。而其內容則是重視中華文化發展及現代社會需要，關心現代教育問題的解決和現代教育思想的評介。每本零售七十元，全年訂閱二二〇元。帳戶：現代教育雜誌社，社址：臺北市汀州

街七五一號四樓。帳號：一〇一五七二一-四。

苗圃兒童雜誌

一九八六年元月創刊。每週六出刊，是一群默默奉獻的年輕朋友，以奉獻的精神，十足的信心，創辦了高雄市第一份兒童雜誌。這是兒童大事，也是高雄大事。寄語大家給予精神及實際行動的關心、支持與參與。每份零售七元五角，長期訂閱全年五十二期三六五元整。帳戶：顏鼎倫。帳號：〇四四五七八一-一。社址：高雄市廣州一街一四一之八號七樓。

三　圖書

敦煌兒童文學

兒童文學雖屬後起，而我們現在的兒童文學，自開始由東洋和西洋移植而來，時間還不上百年，但我們應該了解兒童文學發展的搖籃與源頭是始於有人類之時。如果我們想要使兒童文學顯現出中國文學的特質，則理當對其發展有所了解，而了解途徑則從古籍與民俗入手，民俗更是關鍵，蓋早期兒童文學即是所謂的俗文學。是以個人願意介紹本書給有心人。作者雷僑雲，本書是她的碩士論文。作者現肄業於師大國文研究所博士班。今由臺灣學生書局發行，定價平裝一四〇元。帳號：〇〇〇二四六六-八。

嫦娥城

本書是給兒童看的短篇科幻小說集，是黃海先生在致力於成人科幻之餘，為兒童提供的小點心，讓兒童對未來可能發生的情形，有個

概括的認識。雖然，這只是作者的想像，不過一個個有趣的故事，淺顯易懂的文字，總能吸引人去看完它，進而了解未來的情形。本書定價一〇〇元。由聯經出版事業公司印行。帳號：〇一〇〇五五九-三。

小動物大故事

作者李燊燊。本書用童話的體式把動物學的系統知識寫成故事。作者仔細考證、收集有關物動物的生態資料，再加上許多有趣的情節，然後不著痕跡地加入動物，並且還為主角動物取了貼切的名字，如稱北極熊為「銀雪」，不但親切，使人一看到「主角」的芳名，立刻聯想起該動物。尤其可貴的是作者能「透過人情看萬物」，作者在敘述時，總是袒護動物們，相形之下，最殘酷的卻是人類本身，或許這正是作者的用心處。作者認為動物是最具人性與人情的，如果我們要將抽象的「愛」教給孩子時，動物是最好的教材。至於本書用顏色字體印刷，實在沒有必要。本書由書評書目社出版，社址：臺北市中華路一段八九之三號。帳號：〇〇一九二七四-一。

天鷹翱翔

本書是第十一屆洪建全兒童文學創作獎少年小說類第一名的得獎作品，作者李潼。本書以天鷹遙控飛機比賽為焦點，而展開一些與遙控飛機有關的前後事件。作者對蘭陽平原有滿腔的熱情，心中有蘭陽平原的自尊與驕傲，對少年民理的刻畫生動入微。除追求完美的起飛，飛行和降落之外，更追尋奮鬥的意志與開闊的胸襟，這也正是《天鷹翱翔》令人著迷處。本書作者今年又以〈順風耳的新香爐〉一文得第十二屆洪建全兒童文學創作獎少年小說類第一名，除為李先生祝賀，更寄語能創作不綴。本書定價一一〇元。由書評書目社出版。

印刷頗為精美，只是用有顏色字體印刷，實在沒有必要。

兒語三百則

兒語純真清新，有時亦呈現一片天機。林政華先生有感於兒語未有專門性的研究，因此，有〈兒語研究〉一文，並曾提交中華民國兒童文學會第一屆兒童文學論文會裡討論，同時又有本書之編選。我們可以說童心兒語是詩，但詩絕不止於童心兒語。持此，可知兒語不屬於兒童文學的任何類，卻是兒童文學的啟蒙。本書由慧炬出版社發行。售價五十元。帳戶：林政華。帳號：○五三八七四七-五。通信址：臺北市和平東路二段一七五巷五四號六樓。

九歌兒童書房第五集

本集皆屬國小作品，收有：楊小雲《我愛丁小丙》、向陽《中國寓言故事》、張寧靜《撒哈拉之旅》、朱秀芳《風箏》等四本。九歌兒童書房出書雖不多，卻有其可讀性。楊小雲、向陽、張寧靜都是有知名度的作家，能為兒童執筆，實在難得。而朱秀芳是一位熱愛兒童文學的小學老師，雖似新秀，實亦已默默努力有年。全集定價三○○元。帳戶：九歌出版社。社址：臺北市八德路三段十二巷五十一弄三十四號。帳號：○一一二二九五-一。

波斯傳說

本書是三十年代時期的兒童讀物，目前雪山圖書有限公司重印，原輯者羅利謨先生們（D.L.R. Lorimer and E.O. Lorimer）親自跑到波斯的鄉間和天幕裡去聽來的。他們用了樸素的英文記下，不加修飾，並且保存著許多波斯的俗字俗語和民間的口吻。當時，許多學者多致力於俗文學，因此，由章鐵民翻譯，並於一九二九年出版。本書充滿

著濃厚的東方色彩，頗有風趣，且譯筆亦流利。全書共有二十八篇，原名為「巴克第里亞傳說」。本書定價七十元。帳戶：雪山圖書公司。帳號：○一六二三七七-五。

百貨公司驚魂記

本書是描寫九歲的小慧和四歲的弟弟，跟爸爸、媽媽到百貨公司買東西時，不慎被關在百貨公司裡面，所發生的一連串恐怖、刺激的故事。本書原作者是澳大利亞的女作家瓊恩‧菲蒲遜（Joan Phipson），插畫者是瑪莉‧丁絲黛兒（Mary Dinsdale）。中文譯者是揚歌，曾在中華日報兒童版連載。定價八十元。帳戶：聯經出版事業公司，地址：臺北市忠孝東路四段五六一號。帳號：○一○○五五九-三。

松老鼠阿威

所謂松老鼠，一半是松鼠；一半是老鼠。也就是說牠是松鼠和老鼠的混血兒，牠的臉看起來是老鼠，可是尾巴卻是松鼠。牠是本書的主角，名字叫阿威，牠非常聰明，會表演很多特技，但卻沒有發揮與演出的機會，牠與主人皆遭厄運，其間又以牠如何九死一生地逃過劫難為主，其歷程緊張又刺激。本書原作者是英國人泰德艾倫（Ted Allen），本書曾得英國泰晤士報的兒童小說獎。中文本是揚歌先生所譯。由聯經出版事業公司發行。定價一○○元。

外星來的女孩兒

這本科幻小說，由兩條主線構成，一條是在外太空浪遊尋找安居地的阿米奧族人；一條是他們遺留在地球上的獨臂女孩成長的故事。阿米奧族的科技非常進步，但是他們的形體很脆弱，可隨時變形。阿米奧星毀滅後，他們搭乘「光船」浪跡宇宙。不幸的是，光船的人口

日益減少，等到他們警覺到快滅種的時候，才從外太空匆匆趕到地球尋找失落的女孩。本書原作者是美國的克利斯‧奈維爾（Kris Nevile），筆法細膩，寫出人類文明發展的矛盾，也詳細地描述一個女孩成長的種種心理狀態。適合國小高年級以上的學生閱讀。中文本譯者李映萩。由國語日報出版部發行。二十五開精裝本。定價一二〇元正。帳號：〇〇〇〇七五九-五。

四字經

本書全名是《國民生活四字經》，簡稱《四字經》。作者認為要想國家現代化，國民必先現代化；要想國民現代化，國民生活必先現代化；要想國民生活現代化，必先知行現代通行的食、衣、住、行、育、樂各項禮節。是以作者吳延環先生選擇其精粹合時者，撰寫成《四字經》一書，企圖使兒童一卷在手，便可將內義外禮及國民必備精神，同時學得。真可謂有心之人。但披閱全書，似乎更合適於國民閱讀，尤其是為人父母與師長者，蓋教育總是從身教開始。本書定價三十元。由國立編譯館出版，並由中視文化事業公司印行。地址：臺北市仁愛路三段十九號。帳號：七五一六〇三〇-四。

中國文字（上、下）

本書即是由原公共電視節目「中國文字」編輯而成的。全書分上、下兩冊，有千餘幅彩色插圖，用一般小朋友都能看懂的語辭，介紹中國文字的源流及造字法。跳離以往此類書籍「艱澀專門」的窠臼。尤其以故事敘述，再加上有趣清晰的卡通圖書說明，可深深的吸引人，並可留下深刻的印象。本書由華一書局出版。地址：臺北市信義路四段十四號，帳號：〇一〇四六〇二-三。每冊定價一五〇元，兩本三〇〇元。

熱線ＱＱＱ（四冊）

是民生報兒童天地版益智新書，計四冊，是集民生報三年來，「熱線ＱＱＱ」專欄的成果，分動物、植物、科學、生活四大類，各式各樣令小朋友有趣而好奇的問題，由專家解答，書中並附有圖片。每冊一〇〇元，四冊合購八折。帳戶：聯經出版公司。帳號：〇一〇〇五五九-三。

中國文字的故事

本書包括「中國文字的故事」、「中國文字的演變」、「中國文字的構造」、「有趣的中國文字」、「趣味語文精華」等五部分。書中沒有高深的理論，也沒有艱澀的詞句。內容充滿趣味性，閱讀它，可以具備比一般人更豐富的文字知識。而老師閱讀它，也多少有助於對文字的了解，或許可由此尋找出有關國語的教學方式，在人人都認為會教「國語」的今日，實在有必要加強教師的學科能力。因此，我願意把這本書介紹給教師們。本書作者蔡明利老師。定價七十元，帳戶：學生圖書供應社。社址：臺北市羅斯福路二段五號之二。帳號：〇〇一四三四九-一。

靈靈

靈靈是書中的女主角，原文 Pixie，它不但是一本故事書，同時還是一本有關「兒童哲學」的書。兒童哲學創始到今天才約十年，但已在教育界造成了一股萬鈞之力，除了在美國日漸受到重視，歐洲也有許多國家的教育家對此深感興趣。目前，在臺灣有楊茂秀先生做過一些實驗教學，本書就是他翻譯的。《靈靈》適合三、四年級，談語言，強調意義的尋求，幫助孩子了解「關係」，如邏輯關係、社會關

係、家庭關係、因果關係……等等，並培養應對能力。故事是由靈靈的老師帶他們去參觀動物園，並要他們找出自己的「神祕的動物」，然後自己編一個「神祕的故事」，藉著種種比較，使孩子建立比例、隱喻、明喻、類比的觀念。本書定價一二〇元。帳戶：王子出版社。社址：臺北市和平東路一段一九八號。帳號：〇〇一三九五五-六。

幼稚園兒童讀物精選

隨著師專幼教科的招生，幼稚教育已漸漸的受到重視。現代的兒童教育強調學習環境，所謂學習環境，並不僅止於教室的布置、教具的選擇、桌椅的安排、顏色的配合，其實學習環境，主要還應該包括教學的方法、教材的選擇，甚至教師的態度和聲音。而其間似乎又以教材的選擇最為關鍵。兒童讀物不但要選擇，而且也要引導孩子欣賞與體會。因此，有心人如華霞菱者，便選擇一些優良讀物配合幼稚教學單元來介紹，並推銷「行為課程教學法」。本書定價一二〇元，由國語日報出版部印行。

哈囉！我在這裡

原作者是丹麥籍幽默作家威利・布雷因霍斯德。而本書則是將《可愛的夢中小屋國》、《請聽我說！》、《媽媽，妳看》三部單行本的合訂譯著。這是一部別出心裁的妊娠補充讀物。雖然它的原始目的是寫給準媽媽、爸爸和已經為人父母的人看的，但由於作者學養兼佳，本書其實已超越了懷孕保育知識性書籍的地位，事實上亦頗適合高年級兒童閱讀。本書每篇文章後都附有「醫生的話」，又本書的另一特色是插畫非常活潑有趣。原書在歐洲發行時並無插畫，本書的所有插畫都是在日本出版時，由岡部女士所加上的。本書由雪山圖書公司編譯出版。定價一三五元。帳號：〇一六二三七七-五。地址：臺北市

八德路三段二四七號七樓之一。另外，該公司又編譯了《爸爸的小把戲》一書，同樣的幽默與輕鬆有趣。定價一〇〇元。

關心成長中的一代叢書三種

包括《快樂少年》、《堤防》、《美化你自己》三書。其中《堤防》一書，附題為「知法與守法」，以分析刑法各罪的本體和它的要素，企圖使青少年體認出知法守法的重要性。而其撰寫方式形同教科書，不易引發青少年閱讀動機。《快樂少年》的作者是林良先生，把告訴少年快樂的獲得要靠適當的包容努力。只有快樂的孩子才能夠活活潑潑的從事學習，才能順利的成長。而《美化你自己》，則是由四位專家（郭為藩、洪有義、吳武典、劉焜輝）為少年朋友談「自我了解」、「人際關係」、「學業問題」與「休閒生活」等問題。《快樂少年》定價四十九元五角。《美化你自己》定價七十二元。帳戶：正中書局。社址：臺北市衡陽路二十號。帳號：〇〇〇九九一四-五。

怎樣唸出好成績

父母往往視自己子女功課差，為天大的不幸。所以，他們想盡辦法要讓自己子女個個名列前茅，成為功課好的孩子。於是父母傷腦筋，孩子也傷腦筋。本書編著者陳亞南針對父母的需求，分別從父母、師長和學生三方面指導有效讀書方法，而本書也因此而暢銷。除本書外，陳亞南先生另外又編著有《怎樣教出好孩子》、《怎樣教出大人物》，性質皆相近。個人認為現代的社會，父母師長的終身教育尤其重要，是以介紹以上三書，且讓我們和孩子、時代一起成長吧。以上三書，皆由文經出版社發行。每冊定價各為一〇〇元。帳戶：書園雜誌社。社址：臺北市中山北路三段二十四號三樓。帳號：〇五六八五九九-九。

怎樣寫兒童故事

　　這是本談兒童寫作理論的書，原作者是日本的寺村輝夫。中文譯者陳宗顯。原譯曾在國語日報〈兒童文學〉週刊連載，後來結集出版。全書分五章，書中舉出許多實例，所以閱讀此書可以獲得兒童文學寫作的知識，同時也閱讀了文學作品。本書定價一〇〇元。由國語日報出版部印行。

1986年4-7月

一　書影

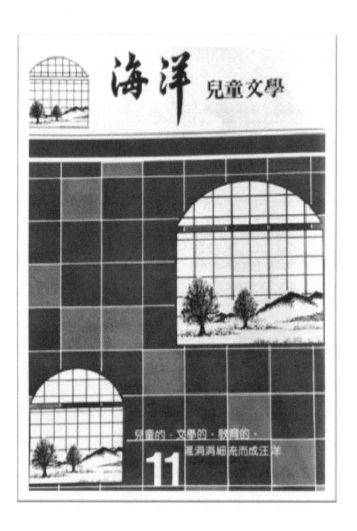

　　中央圖書館臺灣分館籌辦的「中外兒童讀物系列大展」，第一階段為「中國兒童讀物回顧展」於四月開始在臺灣分館展出。展出將近六千冊的兒童讀物。並介紹中國過去出版的兒童讀物，依歷史的發展區分為：清代以前，民國初年到抗戰時期，抗戰勝利至政府遷臺，政府遷臺至現在，作系列的介紹，但事實上，這系列的介紹及展出，亦有失草率。也許政府遷臺以前的作品不易收集。然而，政府遷臺三十多年來的資料，似乎應有更周全、更完善的收集。我們知道兒童文學作品水準的提高，有助於消除一般人對兒童文學的偏見。又兒童文學的學術研究工作加強，則有助於社會大眾對兒童文學教育的肯定，也是突破兒童文學發展瓶頸的最佳途徑，但是我們更盼望有關機構能率先引導。

　　第九屆時報文學獎徵文項目，今年新增「童話創作」，分為推薦獎和評審獎兩種。參加推薦者選兩年內發表的作品六至八篇，字數不拘，可以自我推薦，或由文藝團體推薦。評審獎字數四千至一萬字，以未發表者為限。

　　這是國內第一次把兒童文學與現代文學並列同時徵獎，也是國內兒童文學獎額最高的獎。截稿日期八月五日。

　　《漢聲精選世界最佳兒童圖畫書》第二十四期媽媽手冊中，第四、五兩頁之圖片上下倒置，該社即重新改版印製，並行補寄與致歉。這種負責的行為，令人敬佩。又該社一九八六年第三輯圖畫書亦開始出版。全輯實收三三〇〇元。

　　停刊已久的《風箏》詩刊，又重新振翼起飛了。該詩社編輯部：鳳山郵政信箱一三一號。

　　「童詩童心」自三月十一日起，每星期二下午五時三十分在臺視的公共電視時間播映。第一季共有十三集，由屏師徐守濤教授擔任指導老師，第二季則由林加春老師擔任指導老師。公共電視這種製作童

詩節目的構想與決心，令人稱慶。而林鍾隆先生的〈臺灣兒童詩的形成與現況〉一文（見《笠詩刊》第一三二期），則是一篇令很多人傷腦筋的文章。

北市師專青年第四十九期，有「兒童文學與兒童教育」專輯五十八頁，其躍躍欲飛之情，使人心存期待。又省北師專國民教育第二十七卷第一期，亦推出兒童文學教育專輯三十頁。

北市教師研中心所發行的《教師研習簡訊》雙月刊，自二十一期（1986年4月）起接受預約代印。預約每次至少一年（六期），一年六期二一○元。帳戶：教師研習簡訊雜誌社。帳號：一○四二二七○-○，面對無數的中小學，對上進的老師，雜誌是最有效的媒體。而省國民學校教師研習會，歷經三十年，其貢獻自不用說明，但僅就研習通訊而言，似乎有待加強。

省教育廳決定編印中華兒童叢書第五期。時間預定五年，自本年七月起，到一九九一年六月三十日止，每年編印三十種叢書。並長期向各界徵稿。其實，若採定期徵文比賽方式，或許會更具鼓勵效用。

以下試簡介所見讀物如下：

二　圖書

我能，你也能

作者王贛駿。他在自序裡說：「事實上做我這方面比較有興趣的工作，盡力而為並不是什麼特別要求，反而是，那些不幸被困在比較枯燥工作的人，他們的努力，才是真正值得我們敬佩的。我寫這本書《我能，你也能》是想借這個機會表揚那些社會上的無名英雄，向他們表示些敬意。」本書有圖有文，老少咸宜。尤其有意思的是：你讀

這本書的時候，自覺讀的是一個進入太空的中國人的故事，但是讀故事時，你也吸收了不少關於太空的知識。本書由聯經出版事業公司出版，定價一二〇元。帳號：〇一〇〇五五九-三。

童心四書

是集四屆（第九、十、十一、十二）洪建全兒童文學獎得獎作品集。分圖畫故事、兒童詩、童話、少年小說等四類。全套精裝十二冊，總定價二〇七五元，特價一六六〇元。其中屬於第十二屆得獎作品的是：陳木城《心中的信》（兒童詩）、林峯奇《神祕怪客》（圖畫故事）、李潼《順風耳的新香爐》（少年小說）。《神祕怪客》用良好的圖畫演技，把「愛身邊所有的生物」的意念表達出來。而《順風耳的新香爐》，以民間熟悉的神明為角色，詮釋「分工合作」，是一本富有童話精神的小說。十二屆作品集各本定價皆為一一〇元，特價九十九元。

小冬流浪記、保母包萍

這是國語日報社今年兒童節的獻禮。雖是舊書新版，卻頗具意義。這兩本書以四號字體注音重新編印。一方面顯示兒童讀物印刷水準的提高；另一方面可見兩本書的價值。《小冬流浪記》是謝冰瑩二十年前寫的少年小說，由真實故事改寫而成。它描述一個孩子逃離了家，經歷了人間的險惡和溫暖，最後終於回到家裡，重享家庭溫暖。而《保母包萍》，是美國特萊維絲（Pamela L. Travers）女士的童話作品，由何欣翻譯。重讀新版舊書，對早期從事兒童文學工作者，不覺中升起感激與欽佩之心。以上兩書定價皆為一三〇元。帳戶：國語日報社出版部。帳號：〇〇〇〇七五九-五。

中國傳奇（初編三輯二十四本）

　　《中國傳奇》由莊嚴出版社刊行。全集內容包括：神話、諸子百家故事、歷史英雄的傳奇故事、文人軼事、宗教神仙故事、民間故事、民間童話、古典小說等，可說是中國故事的總匯。聽故事是童年快樂的泉源，也是成長的激素。如果能讓兒童多聽些屬於自己的故事，或許他們的成長會較為落實。本書對編輯過程並未做說明，但從內容與行文看來，當是以民初俗文學從事者所搜輯的成果為主。每輯八冊，精裝特價八八○元。平裝六六○元。三輯合購，精裝二四○○元，平裝一○八○元。帳戶：莊嚴出版社，社址：臺北市士林區福國路一○○號二樓之二號。帳號：○一一一一九九-一。

父親角色

　　就教育子女而言，母親與父親的角色一樣重要。然而，討論母愛的書籍與文章很多，而父愛的研究與報導卻很少。因此，本書作者安德生（Dr. C. P. Anderson）訪問了許多男性和女性，有名的無名的，有關他們和他們父親的關係，綜合了他們以及作者的經驗，整理出這樣一本深入淺出的書。凡是想建立起和諧家庭的人，都應該試讀本書。現代的父親，不能緬懷在過去的男性中心主義中，以為教育子女是母親的責任。本書由施寄青翻譯，並列為遠流大眾心理學全集第七十冊。售價一二五元。帳戶：遠流出版公司。帳號：○一八九四五六-一。

兒童戲劇與行為表現力

　　本書作者胡寶林是一個多棲的藝術家和建築師，也是活躍的創造力教育專家。他累積了個人多年的經驗，親身對中國兒童做了許多實

驗教學，擬寫成一系列新觀念的兒童創造力教育叢書。本書是該叢書的第一冊。今由遠流出版公司刊行，並列為大眾心理學全集第七十二本。作者認為兒童戲劇是遊戲，不是表現。因此，兒童的戲劇教育不是一種才藝教育，而是兒童感情表現的工具而已。如果成人能給予開放的啟發及發展的自由，兒童戲劇就自然具有創作表現的可能性。本書售價一二五元。

天下父母

本書原為《親橋月刊》「傷腦筋信箱──有問必答」專欄，該專欄針對學童家長所提出的孩子們在學業上及生活上各種適應困擾問題，約請專家協助解答，兼顧學理與實務，頗有參考價值。今由陳昭吟編輯成書，計收四十則日常所易發生的狀況。孩子是父母最大的生命資產，為人父母者必先豐富自己，不斷地接受新知訊息，終身再教育，而後才能無愧職責。本書定價一一○元。帳戶：出版街雜誌社。社址：臺北市金川街十一巷十一弄五號。帳號：○五二八二五三三-八。

愛家四書

愛家四書皆屬洪建全教育文化基金會的系列演講集。包括《我愛我家》、《家的禮讚》、《家的組曲》、《家園》等四本。前三本由李文主編，是愛家聯誼會《我愛我家》的系列講座的精華錄。愛家聯誼會的組織，是希望藉著邀集婦女朋友相聚的機會，散布愛家的觀念，發揮婦女們的使命感。而《家園》一書，則是家庭心理系列講座的演講集，由王鍾和主編。綜觀四書，計收五十五位當代各界名家，針對家庭有關課題，做精闢的掃描。四書定價三九○元，其中《我愛我家》定價九十元，其餘三書皆為一○○元，帳戶：書評書目社，社址：臺北市中華路一段八十九之三號。帳號：○○一九二七四-一。

怎樣教出資優兒

　　本書為陳亞南編著。是論述有關資優兒童教育的理論與實際之著作。資優雖出自天賦，但並非一生下來就固定不變，而是具有彈性且可激發的，因此「後天的教育十分重要」。本書編寫，既能符合國情，又能注重全面的、平衡的教育，而不偏執於一隅。且理論與實際兼備，頗能指引出教育資優兒童的正確方法。本書由文經社印行。定價一〇〇元，帳戶：書園雜誌社。帳號：〇五六八五九九-九。

兒童文學

　　作者葉詠琍。全書分三大部分：兒童文學的特性、兒童文學的分類、兒童文學的批評與介紹。綜觀全書，似乎未見有超越目前一般用書之處。於兒童文學的特性、批評及介紹，有失語焉不詳，本書未能詳加論述，實在可惜。又作者所用參考資料，以外文為主，致使全書充滿洋味，其實作者若能稍加披閱國人有關研究成果，或許成效會更好些，本書由東大圖書公司印行，定價一五〇元。帳號：〇一〇七一七五-〇。

1986年8-11月

一　書影

　　行政院新聞局於七月初，公布第四次推介優良中、小學生課外讀物清冊。並將第一次至第四次（一九八二至一九八六年）四次被推介優良中小學生課外讀物合計最多前三名優良出版業者，各頒發獎狀一面。有關讀物清冊，可向臺北市忠孝東路一段三號行政院新聞局索取。

　　今年下半年，可說是兒童刊物展開一場生死決戰的時刻。

　　兒童刊物的市場，一向受人矚目，但除少數刊物外，其質與量皆有待提升。而在下半年，這一情況將有極大變化；兒童刊物不但量變，也起質變，這將是兒童刊物的轉捩點。

　　光復書局為了加強市場競爭力，停刊《科學的實驗》，而以《小小科學眼》從十月起登場代打。又《民生兒童天地》，以週刊型出刊，在市場上不啻一顆炸彈，相信會掀起相當大的震撼。

　　企業化方式經營兒童刊物，將是未來的走向。這對提升兒童刊物的內容，或許有相當的助益。至於是喜是憂，則未能遽下定論。

　　以下試評介所見讀物如下：

二　雜誌

民生兒童天地週刊

　　挾著雷霆萬鈞之勢，與電掣風馳之速，民生報的「兒童天地」就在九月十日蛻化而成為《民生兒童天地》週刊，該刊的目的是要培養大家成為傑出的現代國民。所謂傑出的現代國民，就是有幽默感、有學問、有思想、有愛心、性情開朗、樂觀進取。總而言之，絕不是書呆子、糊塗蟲或自私鬼。每期零售五十二元，國內長期訂閱三十期一二四○元。六十期二一八○元。帳戶：民生兒童天地週刊。帳號：一○七三○○○-○。

兒童的雜誌

幾經曲折的省教育廳兒童雜誌，終於定名為《兒童的雜誌》；且於雙十節出刊。雖天時已失，但仍占有地利與人和。該刊屬綜合性月刊，內容以知識性、趣味性、生活化為主，旨在提供國小兒童優良的課外讀物，及擴大學生的學習領域。每期零售八十元。長期訂戶，全年十二期八六四元。帳戶：兒童的雜誌。社址：臺北市城中區忠孝東路一段一七二號五樓。帳號：一〇七二四三四-四。

小小科學眼

《小小科學眼》針對兒童的學習需要，首創國內「專題式」的介紹方式。將一系列完整而有系統的科學知識，深入淺出，循序漸進的介紹給小朋友，使兒童能跳出「片斷學習，一時效果」的教育窠臼，為國內兒童雜誌創下一個新紀元。每期零售一二八元。帳戶：小小科學眼雜誌社。社址：臺北市復興北路四十號六樓。帳號：一〇六五九九八-〇。

三　圖書

中央日報少年知識叢書第二批

第二批叢書包括《太空中的地球》、《星星月亮太陽》、《太空中的衛星》、《火箭世界》等四種。所述皆屬有關太空中行星的常識，以及人類發展火箭推進的過程。這四本書互有關聯，指出人類未來向太空發展的趨勢，不但可以增進少年對太空的認識，且可啟發研究的興趣。原作者都是美國人，有教授、記者。今由王潔宇先生編譯成書。為實線精裝二十開本，內文照相打字四號正楷注音。每冊定價一六〇

元。合購四冊，五四○元。帳戶：中央日報出版部，帳號：○○一二一二-○。

幼獅少年叢書

　　新出叢書有：鄭元春的《植物世界》（上、下），定價二四○元。《閃亮的歌》，定價九十八元。朱蕙良的《中國人的生活》，定價一一○元。陳月琴的《點一盞燈》、《年輕只有一次》。前者定價一三○元，後者定價一二○元。其中尤以《年輕只有一次》最為至情。本書原名《如意》，是作者寫給如意的書信，也是她教書十多年的許多真實經驗。如今易名為《年輕，只有一次》，或許是再次叮嚀孩子們要好好珍惜生命吧！這是每位有心者都應一讀的好書，因為惟有透過對孩子真正的了解，我們才能真正幫助孩子。帳戶：幼獅文化公司。帳號：○○○二七三七-三。

民生報兒童叢書十三種

　　內容多樣。翻譯的有《畫貓的男孩》、《恐龍的咕》、《傑姆與大桃子》。海外小作家文選有《春天的舞會》、《樂隊擺烏龍》、《東西南北》。故事選集的有《水底學校》。散文的有孫晴峰《寶寶在美國》、黃和英《成功者的腳印》、酈時洲《爸爸的話》。童話創作有謝武彰《彩虹屋》、陳正治《童話城》。論述的有陳木城《童詩的祕密》。每本定價都是一○○元。帳戶：聯經出版事業公司。帳號：○一○○五五九二-三。

九歌兒童書房第六集

　　本集包括：楊思諶的《科學小故事》、哈潑的《大懶蟲與小仙子》、朱佩蘭翻譯的《雙姝緣》、蔡澤玉的《小女生世界》。其中《大

懶蟲與小仙子》，是描述一個好孩子奇怪的偷懶經歷，頗富情趣與啟示。而《小女生世界》的作者，則是一位國小六年級的小女生。她以生動的筆法，自然地描繪學校生活及課外遊玩等趣事，妙言妙語，呈現赤子之心，這些文章曾以專欄形式在《中華兒童》定期刊出。全套定價三〇〇元。帳戶：九歌出版社。社址：臺北市八德路三段十二巷五十一弄三十四號。帳號：〇一一二二九五-一。

中華日報叢書

新出叢書有《吳姐姐講歷史故事》（第九集）、《那段青澀的日子》等兩種。《吳姐姐講歷史故事》是吳碧涵女士在《中華兒童》版的連載作品，今又結集成書，包括北宋、遼、金等五十篇。訂價一〇〇元。而《那段青澀的日子》，是本少年小說，原作者是美國著名的兒童文學茱蒂·布倫姆女士。今由陳新綠先生翻譯成書。本書敘述一個十三歲的少年東尼，在心理上和生理上發生的種種困擾。十三歲正是男孩由兒童轉變為少年的尷尬時期，敏感、憂愁，對家人不滿，東尼所面臨的正是每個男孩在成長時期都須經歷的問題。

國語日報新書四種

四種是：子敏主編的《名家為你選好書》，定價一二〇元。林良的《兒童詩》，定價一四〇元。張劍鳴翻譯的《響尾蛇的尾巴案》，定價六十元。《七百字故事》，定價二四〇元。其中《七百事故事》是舊書新版，《兒童詩》是幼兒讀物，而《名家為你選好書》，則是青少年讀物。它是由四十八位名家各自以他們的閱讀經驗，為青少年朋友選出一本有價值的書，並且透過優美動人的文筆而不是書評的方式，讓你跟他們分享讀書的樂趣，和從書中所領悟到的道理。帳戶：國語日報出版部。帳號：〇〇〇〇七五九二五。

小牛頓文庫

　　小牛頓文庫包羅萬象，分自然科學和人文科學兩大類。第一批出三十本。以後擬按月推出各種題目的新書。小牛頓文庫號稱有五大特色：針對中國孩子智力發展特質而寫，按智力發展階段而編，整體觀的特殊學習法，實用、有趣、生活化，適合各種頭腦類型。小牛頓文庫皆屬精裝本，用一五○磅雪銅紙彩色印刷，規格十九點五×十五點五公分。可全套購買，亦可零買，每本訂價一一○元。帳戶：牛頓出版社。地址：臺北市和平東路二段一○七巷二十號。帳號：○七三一一八八-一。

天南地北、果真如此？（上、下）

　　以上兩種皆由洪建全教育文化基金會發行。《天南地北》原名是《老山羊，我問你》，編者謝蜀芳。定價一二○元。《小讀者》兒童雜誌中教人難以忘懷的專欄之一。其可貴處在有幽默感，且富人情味與中國味。《果真如此？》圖文皆屬楊平世手筆。他收集了約一百則有趣的古老傳說，而後從現代的知識來加以評斷、分析。其目的乃是在培養科學的態度。這種科學態度，不但可以使小讀者愛知道，同時也使小讀者知道怎樣去追求知識，獲得知識。本書上、下各冊定價皆為一○○元。帳戶：書評書目社。社址：臺北市中華路一段八十九之三號。帳號：○○一九二七四-一。

小咪的天空

　　本書作者凌晨女士認為孩子有自己的天空。同時也是特殊的個體。她每天看她的女兒（小咪）神祕的成長，學習怎樣與女兒相處，她不願錯過與女兒相處時的每一句話、每一個動作。因此，把它記錄

成文。全書分：愛兒生活學習、教孩子快樂的閱讀、親子信箱等三篇。作者以溫柔雋永的筆來寫為人母親在養育幼兒時所發生一些溫馨趣事和值得深思的教養問題。本書訂價一○○元。帳戶：皇冠雜誌社。社址：臺北市敦化北路一二○巷五十號。帳號：○○一○四二六-九。

寫給兒童的中國歷史

這是一套十冊的書，據說該作者群花了三年的時間，每一頁至少寫過十遍，寫完後還要找小朋友來看，聽聽他們的意見與觀感，最後才行定稿。因為他們認為：歷史是鮮活、真切、有血有肉的前車之鑑，讓它成為親切的叮嚀，讓孩子親炙前人的歷史。因此，他們的敘述盡量與兒童生活經驗結合，並能刺激他們思考力的事。唯有透過他們對歷史事件的思索，歷史才不是文字的堆砌，而是鮮活的生活經驗。本套書由小魯出版社印行。社址：臺北市仁愛路四段四二二號一一樓。全套實價二九四○元。由臺灣英文雜誌社經銷，帳號：○○○○三一三-六。

兩代

作者姜穆。是作者寫給兒子的信，雖是一些常談之事，但父愛流露無遺，字字句句諄諄善誘。作者不僅教孩子怎樣去讀書、學習、觀察、省思、節儉、自我約束，以及怎樣面對現實，同時作者也清楚的書出自己的故鄉——貴州。讓孩子們認識自己的根。我們明白任何兩代之間都會有差距，雖然我們的特別寬深，但只要有愛，有了解，有方向和原則，我們就不必害怕這差距。本書定價九十五元。帳戶：大地出版社。社址：臺北市瑞安街二十三巷十二號。帳號：○○一九二五二-九。

宏宏的甩竿

是談衛那女士的第一部長篇小說。其間並收錄〈素封記〉一文，〈素封記〉令人拍案叫絕，且發人深省。而〈宏宏的甩竿〉則描述一個不能接受正軌教育的孩子，在成長的路上，所面臨的種種問題與挑戰，並從不同的人稱、角度去生動的敘述他與家庭、社會中的一些衝突。作者藉宏宏的成長過程來探討一些教育的問題。並提醒天下父母和老師，天生我材必有用。千萬不要因功課不好，就論斷了他們一生的前途，毀了他們一生的幸福。本書訂價一一○元。帳戶：星光書報社。社址：臺北市寧波西街一一六號。帳號：○○一四二四三-一。

時間軸

這是一本少年科幻小說，作者張大春。小說的結束是這樣：「片刻之後，紅紫綠白相互揉雜的奇幻光影在一霎時間捲起了四個時間軸上的過客，以萬般迷離的姿色遁入天際。留下一個俠客怔怔在山林之下，開始思索著他生命中從未捕捉到，以及再也捕捉不到的情愫，重重地嘆了一口氣，『真耶？幻耶？是也？非耶？』他吟念著，並且開始遺忘自己曾經堅持過的一些事物。」正如自序所說：「在我們自己歷經叛逆時間之後，不要忘了像這些人一樣，容忍新的一代的徬徨、感傷，以及由此而激發出來的一些小小的創意。」本書定價九十元。帳戶：時報文化出版公司。帳號：○一○三八五四-○。

小蓋仙歐遊記

本書作者黃客，是國中的歷史老師。他把暢遊世界的所見所聞，用一個孩子的眼光和筆調，寫了這樣一本極富趣味、閱讀性高，且有深度的書。他活化了教科書上得來的概念。有助於少年朋友對歐洲各

國史地背景的理解。本書訂價一三〇元。帳戶：光啟出版社。社址：
臺北市辛亥路一段二十四號。帳號：〇七六八九九九-一。

1986年12月-1987年3月

一　書影

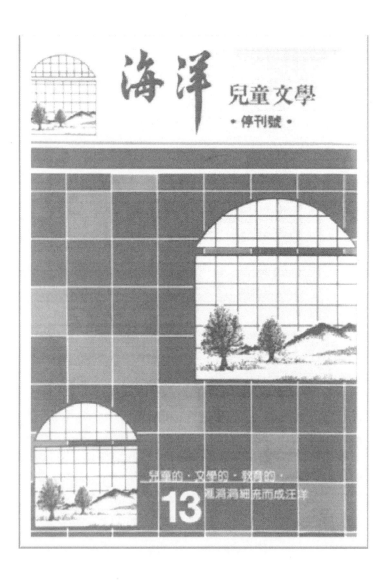

　　《寫給兒童的中國歷史》（小魯出版公司，共十冊）入選《金石堂廣場月刊》一九八六年度最具影響力十本書之一。

　　在一九八六年下半年裡，以古典中國為素材的漫畫書，頗為流行。綜觀《刺客列傳》（鄭問）、《可愛的漫畫動物園》（蔡志忠）、《莊子說》（蔡志忠）、《老子說》（蔡志忠）、《西遊記三十八歲》（蔡志忠）等書，即使撇開作品暢銷市場成績不論，從開拓本土漫畫未來發展新契機而論，都是意義深長的。只是，如果字體能大些，或許更能名正言順的介紹給兒童或少年。

　　由於影集「天才老爹」的賣座，促使該書一窩蜂的出現了五、六種譯本。這對我們翻譯界的人力、物力，真是一大浪費。

　　一九八七年，就兒童文學而言，又是個全新的出擊：

　　停刊多時的《新生兒童》，在元旦復刊。

　　英文漢聲出版有限公司又推出幼兒啟蒙叢書《小小百科》。（每月一冊，每冊訂價三四二元。一年期十二冊特價三四五九元。帳戶：漢聲文化事業有限公司。帳號：一〇三四二〇五-二。）

　　繼時報童話創作獎，又有信誼幼兒文學獎及東方少年小說獎出現。信誼幼兒文學獎分圖畫書、插畫、文字創作三項。收件時間是九月十五日至九月二十五日。有意參加者可向臺北市重慶南路二段七十五號五樓索取徵獎辦法。東方少年小說獎分偵探推理小說、科學幻想小說、生活幽默小說三類。截稿日期即日起至九月一日止。擬參加者可向臺北市重慶南路一段一二一號游彌堅文化獎助金管理委員會索取比賽辦法。

　　另外，省教育廳也決定舉辦全省童話類兒童文學創作徵文比賽。

　　消費者文教基金會於元月十四日公布七十八本經評審選出的優良兒童讀物（詳見一九八七年二月《消費者報導》七十期，頁27-33）。綜觀入選讀物，實較新聞局的推介更具可信。

以下試評介所見讀物如下：

二　雜誌

三二一兒童雜誌

該刊於一九八六年十一月創刊。該刊強調這本雜誌將從身邊一切看得到、摸得著、感受得到的事物談起。他們堅信知識並不遙遠、抽象，它就藏身在我們的日常生活當中。同時，他們也將陸續向小朋友介紹你我共同居住的家園──臺灣。他們認為唯有認識它、了解它，才能愛它，掌握未來要走的路。每冊定價一五〇元。社址：臺北市復興南路二段二九二號四樓。

新生兒童月刊

《新生兒童月刊》曾有段光榮的日子。如今於一九八七年元旦復刊再出發，預祝它能順利。該刊採綜合性，他們擬以兼具幽默、趣味、知性、感性的故事或短文，引導兒童享受閱讀的樂趣，並協助兒童認識各種社會資源，及運用資源的途徑，藉此幫助兒童培養創造思考和主動學習的習慣。每本零售六十元。長期訂閱一年十二期六〇〇元；兩年一一〇〇元。帳戶：新生兒童雜誌社。社址：臺北市延平南路一一〇號十二樓。帳號：一〇九三七〇〇-四。

三　圖書

給小風的信

《給小風的信》原是國語日報兒童版上的一個定期專欄，今彙集

成冊，計收六十五封信。作者薄慶容女士。作者以母親的立場，寫給念國小孩子的每週書簡，內容卻涵蓋了各個層面，包羅萬象，啟迪孩子在成長過程中該如何求知做人，如何面對人生、如何生活、如何關懷我們的社會、愛護我們的國家、如何做個快樂健康的現代人。其目的即在鼓勵小風去追求完美，進而做個完美的人。申言之，這些信不單是給像小風那麼大的孩子閱讀，其實，它更是一本給父母的最佳啟示錄。本書由林白出版社印行，定價一〇〇元。社址：臺北市復興北路四一九號五樓。帳號：〇〇一四九八〇-九。

我的動物朋友

這是一本全寫動物情誼的散文集，作者丘秀芷女士，生性喜愛動物，他們全家人都愛動物，也養過許多的動物。一般說來，多數動物心地善良，所以小孩子沒有不喜歡動物的。養隻小動物不但有個好玩伴，而且也是種嗜好，權威的學者相信，兒童和家中小動物之間的微妙關係，在兒童情感發展方面非常重要。專家認為小動物往往可以幫助兒童獲得他們所需要的信任和忠貞，愛心和自信的感覺。養動物是件有趣的事，不知你是否同意你的孩子養養小動物。本書定價一〇〇元，由駿馬文化事業有公司出版。社址：臺北市光復南路四二〇巷一弄十五號三樓。帳號：〇一六二九八五-一。帳戶：林明珠。

民生報兒童叢書

民生報兒童叢書有五本。其中三本是翻譯：千綠譯《神祕老鼠國》、張澄月譯《老鼠漂流記》、李屏慧譯《鯨脂》。另外兩本是璟琦的《奇童橋的神話》和《蛋黃武士》，並標明是「中國式傳奇」。實際上是改寫，所謂「中國式傳奇」，是指作者嘗試著用傳奇的體裁來撰寫各種不同的故事而言。也就是指唐人傳奇而言。其間除《鯨脂》一書訂

價八十元外，其餘各書定價皆為一〇〇元。帳戶：聯經出版事業公司。社址：臺北市忠孝東路四段五六一號。帳號：〇一〇〇五五九-三。

九歌兒童書房第七集

　　本集有四冊。其中兩本是翻譯：揚歌譯《洗腦人的祕密》、路安俐譯《青蛙之謎》。前者是科幻；後者是推理。另外兩本，是國人的童話創作。張寧靜的《新西遊記》，曾獲洪建全兒童文學童話佳作。本書描述一對兄妹，無意間隨著一個小小的蒲公英粉子由臺灣起飛，循著絲路向西飛去，最後抵達法國的故事。而應平書的《奇奇歷險記》，則是敘述住在森林裡一隻愛幻想的猴子——奇奇的故事。《奇奇歷險記》不只告訴你一隻猴子的遭遇，還有孩子的童心和愛心，以及人與動物間的友誼。全套定價三〇〇元。帳戶：九歌出版社有限公司。社址：臺北市八德路三段十二巷五十一弄三十四號。帳號：〇〇一一三二九五-一。

國語日報社新書

　　國語日報社除再版《世界兒童文學名著》二、三輯本，並出版幾本書。《跟小學生的媽媽談天》，作者嶺月女士，育有子女三個，個個學有所成，她把自己的經驗和心得提供給年輕的媽媽參考。本書定價一二〇元。《鬥牛記》，這是小探長案集新出的一本，由張劍鳴翻譯。其中有十個案件。定價六十元。適合中、高年級閱讀。又有謝榮華的《認識民間神明》，本書對臺灣民間信仰的各種鄉土神明的來龍去脈和有趣的傳說，都有詳細的介紹，並把有關的寺廟歷史和文化價值，作了客觀的報導，文圖並茂，適合高年級以上的同學閱讀，定價一〇〇元。帳戶：國語日報出版部。社址：臺北市福州街二號。帳號：〇〇〇〇七五九-五。

大家來逛動物園

　　這是一套針對小朋友參觀動物園而編寫的書，作者楊平世。全套分成《可愛的動物》、《草食性動物》、《肉食性動物》與《鳥類》等四集。每介紹一動物，都附有一、兩張彩色圖片及黑白圖片數張，先說明產地、長度、高度與習性、特徵，以及一般人對牠的錯誤見解，做了詳細的解說。每集後面附有索引，以動物名的筆劃順序排列。書末附有「國內主要動物園一覽表」，並附有「臺北市立動物園小導遊」一冊。全套定價八五〇元。東方出版社發行。社址：臺北市重慶南路一段一二一號。帳號：〇〇〇〇〇〇二-六。

正中自強愛國叢書三種

　　自強愛國叢書是專為同學們編寫的書。屬於勵志向學的有《叫太陽起床的人》（王永慶等著，定價六十七元五角）、《創造自我》（宗亮東主編，定價八十五元五角）適合少年、青少年閱讀。另一本是由林良、林武憲主編的《現代兒童文學精選》（定價八十五元五角），適合國小中、高年級的同學閱讀，所選文學體式，包括：詩、散文、童話、小說。兒童文學採精選，且由老牌書店出版，這是少有的現象。綜觀全書，偏於勵志性，又文章未註明出處，令人不無有瑕疵之憾。帳戶：正中書局。社址：臺北市衡陽路二十號。帳號：〇〇〇九九一四-五。

洪建全教育文化基金會教養系列四書

　　洪建全教育文化基金會近年來除發行《未來》雜誌外，亦頗熱衷於出版。其中教養系列四書是：陳徵毅譯著《怎樣教養孩子》、簡宛著《他們只有一個童年》、嶺月主編《做個稱職的父母》、鄭明進主編

《幼兒美術教育》。每冊定價皆為一〇〇元。今日的兒童教育，不只是學校的教育，更重要的，它也是親職的教育。因此，在教養過程中，父母本身要有相當的認識，乃是無可避免的事實，而此教養系列或可提供參考。帳戶：書評書目社。社址：臺北市中華路一段八十九之三號。帳號：〇〇一九二七四-一。

做個內行的媽媽

本書是嶺月女士依據日本心理學教授深谷和子女士所發表的「幼兒的深層心理學講座」系列文章，加以摘譯，並加入自己的想法，把她多年來的經驗和心得，跟專家的理論結合起來而寫成的。同時以《做個內行的媽媽》為名，在國語日報家庭版連載。我們知道，不管是專家的理論，或是過來人的經驗之談，都只能參考而不能當範本。因為世上並沒有完全的兩個人，況且每個孩子都有不同的特質，真正能夠「因材施教」的，只有父母。父母需要自己觀察、自己思索、自己成長，而後才會有合適的養育方法和智慧。本書由大地出版社發行。社址：臺北市瑞安街二十三巷十二號。帳號：〇〇一九二五二-九。

教養子女妙招一一八

這是民生報「兒童天地」專欄的結集。天下父母，皆關心自己的孩子，而經驗往往是最好的借鏡。當許多父母經過彼此間的交流、討論和溝通，經常會得到一些意想不到的安慰。原來，所有的孩子問題，都曾經出現在各種不同的家庭中。其實關心孩子，主要是在於愛心、耐心和方法。透過書中老師、父母真實切身的經驗談，傾吐苦惱，交換心得，或許有助於真正關心您的孩子。本書分答客問、專家紙上講演、經驗談等三輯。訂價一〇〇元。帳戶：聯經出版事業公司。帳號：〇一〇〇五五九-三。

父母之愛

本書是鄭石岩先生近年來研究如何教導孩子的新作。他以敏銳的品觸去體會父母的角色，以細密的眼力去觀察親子的互動，以廣博的涉覽整理教育與心理學新知，更以豐富的教導經驗把今日的教育問題的關鍵，寫成了這本發人深省的好書。本書是討論家庭教育書籍中，較具有本國風味者。本書以《父母之愛》為名，旨在提醒大家注意孩子心智的成長需要父母有能力的愛，在教導上必須配合社會變遷的需要，才能活育成功的下一代，其對父母與教師，都具有很高的可讀性。本書列為遠流大眾心理學全集第九十種。帳戶：遠流出版事業有限公司。社址：臺北市一○七一四汀州路七八二號七樓之五。帳號：○一八九四五六-一。

兒童文學漫談

作者藍祥雲先生，是國小校長，也是兒童文學園地的有心人。本書名為漫談，可見內容廣泛，更見作者好學深思之一般。全書計收二十四篇文章。其中〈中華兒童叢書導讀〉，介紹六本書。〈兒童文學創作選集介紹〉，介紹十位作家的十本集子。全書要皆以作品解讀為主，對初學者頗多助益。又所收文章多數發表於國語日報《兒童文學》週刊，今結集成書，並未註明寫作或發表日期，不無遺憾之感。本書列為宜蘭縣國民教育輔導團叢書。

國小作文教學探討

國小作文教學一直是使教師感到困擾和無力。其實，作文教學無他，乃是能力本位的問題。如果教師沒有寫作經驗，而想要教好作文，自會事倍功半。本書作者杜淑貞女士有創作經驗，及輔導國小語

文的實際心得，因此，頗能了解國小作文教學癥結所在。是以文法和
修辭分析篇章結構，注重寫題旨訂綱要的能力培養，與思考創造能力
的啟發，以期養成國小學生文學發表能力。本書定價，平裝二二〇
元，精裝二七〇元。帳戶：臺灣學生書局。社址：臺北市和平東路一
段一九八號。帳號：〇〇〇二四六六-八。

臺灣兒童文學論述譯著書目（1949-1988）

一 書影

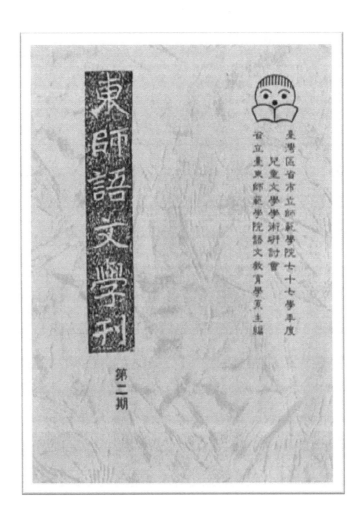

　　從一九八七年七月一日起，省立九所師專改制為學院；七月十五日，宣布解嚴；十一月一日，開放大陸探親。而一九八八年元旦起，報禁解除。

　　是以一九八七年，是個轉型與蛻變的年代。就兒童文學界而言，亦有下列事件值得記載：

　　「兒童文學」成為新制師院生必修課程。

　　彼岸兒童文學書籍的湧進。

　　多少兒童性報章雜誌蓄意待發。

　　於是，幼獅文化公司有整理一九四九年以來臺灣地區兒童文學選集的計畫。個人曾參與共事，並主編《論述篇》一書。緣於《論述篇》所選文章要皆以單篇或論體製者為主，因此又彙集臺灣地區有關論述著譯書目作為附錄。收錄年代始於一九四九年，止於一九八八年。其間翻印早期或大陸地區者皆不錄。

　　本書目以出版成書者為據。雖說始於一九四九年，而實際上最早的一本是劉昌博《中國兒歌的研究》一書，出版時間是一九五三年七月；可見早期兒童文學受冷落之一般。當時雖有楊喚等人的努力（詳見一九八五年五月歸人編，洪範版《楊喚全集》裡有關書簡；並見113期《臺灣文藝》（頁8-16）拙著〈楊喚對兒童文學的見解〉一文），但似乎無濟於論述著作的出現。

　　兒童文學向來有寂寞一行之稱，而論述更是寂寞中的寂寞。其間必有若干論述著作或由作者自費印行，流通不足；或因個人偏處東隅，搜集不及，遺珠必多。如今不揣簡陋，勉力成篇，旨在提供愛好兒童文學之同道研究參考；並期引玉以增補不足。

二　書目

（一）

1. 《五十年來的中國俗文學》　婁子匡、朱介凡合著　正中書局　1963年8月
2. 《兒童閱讀及寫作指導》　王逢吉編著　臺中師專　1963年10月修訂再版
3. 《兒童文學研究》　劉錫蘭編著　臺中師專　1963年10月修訂再版
4. 《兒童文學》　林守為編著　自印本　1964年2月
5. 《兒童文學研究》　吳鼎編著　臺灣教育輔導月刊社　1965年3月　1980年改由遠流出版社出版
6. 《兒童讀物研究第一輯》　小學生雜誌社　1965年4月
7. 《國語及兒童文學研究》　瞿述祖編　臺中師專印　1966年12月
8. 《兒童讀物的寫作》　林守為著　自印本　1969年4月
9. 《談兒童文學》　鄭蕤著　光啟出版社　1969年7月
10. 《師專兒童文學研究》（上）　葛琳編著　中華出版社　1973年2月
11. 《師專兒童文學研究》（下）　葛琳編著　中華出版社　1973年5月
12. 《兒童文學創作選評》　曾信雄著　國語日報社　1973年10月
13. 《兒童文學研究》（第一集）　謝冰瑩等著　中國語文月刊社　1974年11月
14. 《兒童文學研究》（第一集）　葉楚生等著　中國語文月刊社　1974年12月
15. 《兒童文學散論》　曾信雄著　聞道出版社　1975年1月
16. 《淺語的藝術》　林良著　國語日報出版部　1976年7月
17. 《我國兒童文學的演進與展望》　許義宗著　自印本　1976年12月

18.《兒童文學論》　許義宗著　自印本　1977年

19.《如何實施兒童文學教學》　陳東陞著　市女師專　1977年6月

20.《兒童的文學教育》　王萬清著　東益出版社　1977年10月

21.《西洋兒童文學史》　許義宗著　臺北市師專　1978年6月

22.《兒童文學的認識與鑑賞》　傅林統著　作文出版社　1979年10月

23.《兒童文學──創作與欣賞》　葛琳著　康橋出版社　1980年7月

24.《兒童文學賞析》　林守為著　作文出版社　1980年9月

25.《兒童文學的新境界》　邱阿塗著　作文出版社　1981年2月

26.《兒童文學與兒童圖書館》　高錦雪著　學藝出版社　1981年9月

27.《中國兒童文學》　王秀芝編著　雙葉書廊　1981年10月　1986年
2月三版增訂

28.《兒童文學評論集》　馮輝岳著　自印本　1982年11月

29.《西洋兒童文學史》　葉詠琍著　東大圖書公司　1982年12月

30.《如何指導兒童文學創作》　北市教育局　1983年6月

31.《兒童文學綜論》　李慕如著　復文圖書出版社　1983年9月

32.《兒童讀物研究》　司琦著　臺灣商務印書館　1983年10月

33.《改寫本西遊記研究》　洪文珍著　慈恩出版社　1984年7月

34.《慈恩兒童文學論叢》（一）　慈恩出版社　1985年4月

35.《兒童的文學創作》　洪中周編著　浪野出版社　1985年5月

36.《敦煌兒童文學》　雷僑雲著　臺灣學生書局　1985年9月

37.《怎樣寫兒童故事》　寺村輝夫著　陳宗顯譯　國語日報出版部
1985年10月

38.《認職兒童文學》　馬景賢主編　中華民國兒童文學學會出版
1985年12月

39.《幼稚園兒童讀物精選》　華霞菱著　國語日報出版部　1985年12月

40.《我國兒童讀物發展初探》　邱各容著　自印本　1986年4月

41.《兒童文學》　葉詠琍著　東大圖書公司　1986年5月

42.《幼兒天地》第三期（幼兒讀物與教育專輯）　北市師專兒童研究
實驗中心　1986年5月

43.《兒童文學漫談》　藍祥雲著　北成國民小學　1987年1月

44.《兒童文學故事體寫作論》　林文寶著　復文圖書出版社　1987年
2月

45.《兒童文學的天空》　吳當著　自印本　1987年12月

46.《兒童故事原理研究》　蔡尚志著　百誠出版社　1988年2月

47.《兒童文學講話》　李漢偉著　供學出版社　1988年2月

48.《兒童文學》　林守為編著　五南圖書出版公司　1988年7月

49.《認識兒童文學》　許漢章著　高雄市兒童文學寫作學會　1988年
8月

50.《兒童文學理論與實務》　張清榮著　供學出版社　1988年8月

51.《中國兒童文學研究》　雷僑雲著　臺灣學生書局　1988年9月

52.《兒童文學談叢》　邱各容著　自印本　1988年10月

53.《兒童文學研究》　臺北市國語實驗國民小學編印　1988年12月

54.《淺談兒童文學創作》　宜蘭縣羅東國小兒童文學叢書（二）
1988年

55.《中華民國兒童圖書目錄》　中央圖書館編　正中書局印　1957年
11月

56.《中華民國兒童圖書總目錄》　中央圖書館印　1968年10月

57.《國民小學圖書館管理與閱讀指導》　陳思培編寫　臺灣省國民學
校教師研習會出版　1969年3月

58.《怎樣指導兒童課外閱讀》　邱阿塗編著　臺灣省教育廳　1971年
3月（1981年3月增訂再版）

59.《「世界兒童文學名著」欣賞》　藍祥雲等　國語日報社　1972年9月

60.《兒童文學論著索引》　馬景賢編著　書評書目社出版　1975年1月
61.《中華兒童叢書簡介》　省教育廳兒童讀物編輯小組主編　1975年4月
62. 第二期《中華兒童叢書簡介》　省教育廳兒童讀物編輯小組主編　1978年12月
63. 第三期《中華兒童叢書簡介》　省教育廳兒童讀物編輯小組主編　1983年5月
64. 第四期《中華兒童叢書簡介》　省教育廳兒童讀物編輯小組主編　1986年9月
65.《全國兒童圖書目錄》　國立中央圖書館臺灣分館編印　1977年6月
66.《兒童閱讀研究》　許義宗著　臺北市立女師專　1977年
67.《世界文學名著的小故事》　蒙特高茂來著　張劍鳴譯　國語日報出版部　1977年12月
68.《卅年來我國兒童讀物出版量的分析》　余淑姬撰　啟元文化公司　1979年12月（1981年8月修訂再版）
69.《我國兒童讀物市場之調查分析》　楊孝濚撰　慈恩出版社　1979年12月
70.《中外兒童少年圖書展覽目錄》　臺灣省立臺中圖書館編印　1982年3月
71.《中華兒童叢書、中華兒童科學畫刊資料索引》　臺北市教育局發行　1982年5月
72.《中華民國圖書館基本圖書選目——兒童文學與兒童讀物類　中國圖書館學會編印　1982年6月
73.《兒童文學名著賞析》許義宗著　黎明文化事業公司　1983年10月
74.《全國兒童圖書目錄續編》　國立中央圖書館臺灣分館編印　1984年4月

75.《兒童圖書目錄第一輯》　臺北市立圖書館編印　1984年10月

76.《兒童圖書目錄第二輯》　臺北市立圖書館編印　1986年12月

77.《臺灣省七十五年優良圖書暨兒童讀物巡迴展參展圖書目錄》　臺灣省教育廳編印

78.《兒童讀物研究目錄》　國立中央圖書館臺灣分館採編組編　該館印行

79.《臺灣地區兒童文學作品對讀書治療適切性的研究》　施常花著　復文書局　1988年8月

80.《為孩子選好書》　曹之鵬、王正明著　時報文化出版有限公司　1988年10月

（二）

1.《怎樣講故事》　王玉川編著　國語日報社　1961年5月

2.《怎樣講故事說笑話》　祝振華著　黎明文化事業公司　1974年4月

3.《怎樣對兒童講故事》　徐飛華著　五洲出版社　1977年8月

4.《說故事》　艾蓓德著　胡美華譯　中國主日學協會出版部　1979年2月

5.《畫圖畫說故事》　凱滋・湯姆遜原著　高堅譯　中國主日學協會出版部　1983年4月

6.《說故事的技巧》　陳淑琦指導　時報文化出版公司　1988年11月

7.《認識兒童讀物插畫》　馬景賢主編　中華民國兒童文學學會　1987年11月

8.《神話論》　林惠祥著　商務人人文庫七一九號　1968年7月

9.《中國的神話與傳說》　王孝廉著　聯經出版公司　1977年2月

10.《花與花神》　王孝廉著　洪範書局　1980年10月

11.《神話的故鄉》（上、下）　王孝廉著　時報文化出版公司　1987年6月

12.《兒童讀物研究第二輯（童話研究）》　林良等著　小學生雜誌社　1966年6月

13.《童話研究》　林守為著　自印本　1970年11月　1982年5月二版

14.《日本童話文學研究》　邱淑蘭著　名山出版社　1978年1月

15.《童話的智慧》（上、下）　吳當著　金文圖書公司　1984年12月

16.《童話理論與作品賞析》　陳正治著　市北師國教輔導叢書　1988年6月

17.《從發展觀點論少年小說的適切性與教學應用》　吳英長著　慈恩出版社　1986年6月

18.《認識少年小說》　馬景賢主編　中華民國兒童文學學會　1986年12月

19.《國小戲劇教材與教學》　孫澈著　正中書局印行　1977年7月

20.《臺北市兒童劇展歷屆評論集》　中國戲劇中心　1981年1月

21.《兒童戲劇概論》　陳信茂著　臺大文化事業出版社　1983年1月

22.《青少年兒童戲劇指導手冊》　臺北市政府教育局　1983年6月

23.《戲劇與行為表現力》　胡寶林著　遠流出版公司　1986年2月

24.《教材戲劇化教學研究》　陳杭生編著　臺灣省國民學校教師研習會　1986年3月

25.《兒童戲劇編導略論》　黃文進、許憲雄著　復文圖書出版社　1986年7月

26.《認識兒童戲劇》　鄭明進主編　中華民國兒童文學學會　1988年11月

（三）

1.《中國兒歌的研究》　劉昌博著　自印本　1953年7月

2.《怎樣指導兒童寫詩》　黃基博著　臺灣文教出版社　1972年11月　全書四十一頁

3.《兒童詩歌欣賞與指導》　王天福、王光彥編著　基隆市教育輔導
　團　1975年5月

4.《兒童詩研究》　林鍾隆著　益智書局　1977年1月

5.《怎樣指導兒童寫詩》　黃基博著　太陽城出版社　1977年11月
（將黃著臺灣文教出版社之版本增訂為二三九頁）

6.《中國兒歌》　朱介凡編著　純文學出版社　1977年12月

7.《童詩研究》　李吉松、吳銀河著　高市七賢國小　1978年6月

8.《兒童詩論》　徐守濤著　東益出版社　1979年1月

9.《兒童詩的理論及其發展》　許義宗著　中山學術文化基金會獎助
　出版　1979年7月

10.《兒童詩教學研究》　陳清枝著　自印本　1980年3月

11.《臺灣兒歌》　廖漢臣著　省政府新聞處　1980年6月

12.《兒童詩畫論》　陳義華著　北市萬大國小　1980年9月

13.《兒童詩指導》　林鍾隆著　快樂兒童週刊社　1980年11月

14.《童詩教室》　傅林統著　作文月刊社　1981年3月

15.《兒童詩畫曲教學研究》　黃玉華、王麗雪著　臺南市喜樹國小
　1981年12月

16.《我也寫一首詩》　陳傳銘著　高市十全國小　1982年2月

17.《兒童詩欣賞與創作》　洪中周著　益智書局　1982年3月

18.《兒童詩歌欣賞與指導》　謝沐霖等編著　臺灣國語書店　1982年
　5月

19.《詩歌教學研究》　北市西門國小　臺北市教育局　1982年5月

20.《童謠童詩的欣賞與吟誦》　許漢卿著　臺灣省教育廳　1982年6月

21.《童詩教室》　吳麗櫻著　臺中師專附小　1982年6月22日

22.《兒童詩觀察》　林鍾隆著　益智書局　1982年9月

23.《兒童詩學引導》　陳傳銘編著　華仁出版社　1982年9月合《童

詩欣賞》、《我也寫一首詩》二書而成套書　其中《我也寫一首
詩》分成（1）、（2）兩書

24.《兒童詩歌欣賞習作》　呂金清著　自印本　1982年10月

25.《童謠探討與欣賞》　馮輝岳著　國家出版社　1982年10月

26.《童詩開門（三冊）》　陳木城等著　錦標出版社　1983年1月

27.《兒童詩寫作與指導》　杜榮琛著　臺灣省教育廳編印　1983年6月

28.《快樂的童詩教室》　林仙龍著　民生報社　1983年11月

29.《春天》　陳清枝編著　宜蘭縣清水國小　1983年12月

30.《童詩病院》　陳傳銘著　高市十全國小　1984年3月

31.《詩歌初啼》　北縣莒光國小　1986年5月

32.《兒童詩的創作與教學》　郭成義主編　金文圖書公司　1984年6月

33.《中國兒歌研究》　陳正治著　親親文化事業公司　1984年8月

34.《童詩叮叮當》　邱雲忠編著　惠智出版社　1985年2月

35.《童詩創作引導略論》　黃文進著　復文圖書公司　1985年6月

36.《如何寫好童詩》　趙天儀編著　欣大出版社　1985年7月

37.《大家來寫童詩》　趙天儀編著　欣大出版社　1985年7月

38.《兒童詩歌的原理與教學》　宋筱蕙著　作者自印　1986年1月

39.《試論兒童詩教育》　林文寶著　臺灣省教育廳　1986年5月

40.《童詩的祕密》　陳木城著　民生報社　1986年5月

41.《童詩的欣賞與創作》　吳恭嘉著　中縣瑞豐國小　1986年5月

42.《童詩上路》　陳文和著　自印本　1986年11月

43.《拜訪童詩花園》　杜榮琛著　蘭亭書店　1987年6月（由原臺灣
省教育廳出版之「兒童詩寫作與指導」增版印行）

44.《遨遊童詩國度》　林清泉著　現代教育出版社　1987年10月

45.《童心童語》　朱錫林著　新雨出版社　1988年4月

46.《兒童詩歌研究》　林文寶著　復文圖書出版社　1988年8月

47.《教小朋友寫童詩》　陳東和編著　光田出版社　無出版日期

（四）

1. 國語日報《兒童文學週刊》　1972年4月2日起迄今仍發行中　至1987年底已有六輯合訂本　每輯一○○期

2.《月光光兒童文學》　林鍾隆主編　1977年4月1日創刊　原為詩刊自1987年9月第六十一期開始改為兒童文學雜誌

3.《大雨詩刊》　林芳騰主編　1980年1月1日創刊　計出四期

4.《兒童文學雜誌》　王天福主編　1980年4月4日創刊　計出六期

5.《風箏童詩刊》　1980年1月創刊　1983年10月第九期　1986年1月出第十期

6.《布穀鳥兒童詩學季刊》　林煥彰主編　1980年4月1日創刊　1983年10月停刊　計出十五期

7.《兒童圖書與教育雜誌》　洪文瓊主編　1981年7月創刊　1982年7月停刊　共出三卷一期　計十三期

8.《兒童文學》（年刊）　許漢章主編　高市教育局　高市兒童文學寫作學會發行　1982年3月出刊第一輯　至今已出六輯

9.《海洋兒童文學》（四月刊）　吳當主編　1983年4月4日創刊　1987年4月4日停刊　計出十三期

10. 中華民國兒童文學學會會訊（雙月刊）　陳木城主編　中華民國兒童文學學會發行　1985年2月創刊至1987年底已出三卷六期

11.《培根兒童文學雜誌》　謝慈雲主編　1986年4月創刊　自1987年11月第七期起改為兒童文學論述性刊物

12.《滿天星兒童詩刊》　洪中周主編　1987年9月創刊

13.《臺北市兒童文學教育學會會員通訊（雙月刊）　李新海主編　北市兒童文學教育學會發行　1988年1月創刊

臺灣童話論述書目並序

書影

　　「兒童文學」一詞，隨著新文學運動在我國出現。它的出現，緣於教育觀念的改變，及通俗文學的振興。而教育觀念的改變，通俗文學的振興，又是緣自於光緒二十年（1894）甲午戰爭之慘敗，構成廣泛覺醒之重大關鍵，形成種種思想變化。

　　晚清以來的思想啟蒙者都曾留心於兒童文學，且新時代兒童文學的發展亦皆與通俗文學、國語息息相關。

　　而其中童話是較為顯著的類型。

　　「童話」一詞的使用，是導源於日本。范煙橋《中國小說史》曾特別為「童話」行文立傳，其文云：

　　　在紀元三四年間，學校教育社會教育兼程並進。商務印書館乃有「童話」之作，以中國教事與外國神話為資材，每種不過五、六千字，附有插圖，推行極廣，共有三集，第一集九十二種；第二集九種；皆孫毓修撰。第三集鄭振鐸撰。尚有「京語童話」、「家庭童話」、「俄國童話集」俱唐小圃撰。中華書局繼之，有「中華童話」二十二種，陸費逵、楊屬撰，「世界童話」五十種，徐傅霖撰。此外兒童讀物，尤以小說為最多，其後中華書局復以舊小說改編節取，而成「小小說」一百種。商務印書館繼之，有「平民小說」，沈圻撰。（見1983年9月漢京版，頁300）

　　童話是兒童文學的主流。

　　童話是成人特別為兒童講述的故事。

　　童話的世界是一片純真的想像世界。

　　早期有孫毓修、周作人、趙景深等人，對童話的發展有過貢獻，尤其是對古童話的肯定。（詳見東師語教系版拙著《兒童文學故事體

寫作論》，頁218-228）

　　而臺灣光復初期，所謂的通俗教育或兒童文學，則由三個機構和三份刊物來帶領與推廣：

> 國語推行委員會　1945年10月27日教育部派何容來臺主持推行國語的工作，翌年4月2日成立委員會。
>
> 東方出版社　1945年12月10日創立。
>
> 臺灣省教育會　1948年7月1日成立。
>
> 國語日報　1948年光復節創刊。
>
> 中央日報兒童週刊　1949年3月19日創刊。
>
> 臺灣兒童月刊　1949年2月創刊。（以上見富春版邱各容《兒童文學史料初稿》，頁21-24）

　　其後，國共對峙，國民黨政府遷臺。在臺灣地區，由於政治掛帥，致使所謂的兒童文學其發展是非常緩慢而又閉鎖的，尤其是論述部分，更是乏善可陳。

　　綜觀臺灣地區兒童文學的發展，是表象的，更是屬於「加工出口區」的發展階段，也就是說仍然談不上學術研究。究其原因，不得不歸咎於初級師範教育。一般說來，兒童文學的發展是與初級師範教育息息相關。（詳見幼獅版《兒童文學論述選集》「前言」，頁17-29）而臺灣的初級師範教育卻是頭沒有主人的怪獸。直至一九八七年七月一日起，將國內現有九所師專一次改制為師範學院。在新制師範學校的一般課程，列有兩個學分的「兒童文學」，且是師院生必修科目。

　　改制以來，雖然尚無豐碩的成果，但每年皆有兒童文學的學術研究會，並且有可見的論述。適逢今年學會以童話為主題，是以略述拙見，同時收錄童話書目以作為附錄。

就現有童話論述書目而言，整體成果並不理想，但仍有陳正治兄的投入。樂觀的看法：留待的空間仍然很寬廣，且讓我們以「努力」共勉之。

兒童文學童話書目

書名	譯、著者	出版社	年代	版次
兒童讀物研究第2輯童話研究專輯	吳鼎等	小學生雜誌社	1966年5月	
日本童話文學研究	邱淑蘭	名山出版社	1978年1月	
童話與兒童研究	松村武雄	新文豐出版公司	1978年9月	早期大陸翻譯本
童話研究	林守為	林守為	1982年5月	三版
童話的智慧（上）、（下）	吳當	金文圖書公司	1984年12月	
兒童文學創作班講義（一）、（二）	國語日報‧語文中心	國語日報語文中心	1986年12月	
兒童文學創作班講義（三）	國語日報‧語文中心	國語日報語文中心	1987年3月	
兒童文學創作班講義（四）	國語日報‧語文中心	國語日報語文中心	1987年5月	
兒童文學創作班講義（五）	國語日報‧語文中心	國語日報語文中心	1987年8月	
兒童文學創作班講義（六）	國語日報‧語文中心	國語日報語文中心	1988年1月	
童話理論與作品賞析	陳正治	臺北市立師院	1988年6月	
中國民間童話研究	譚達先	臺灣商務印書館	1988年8月	臺灣初版
兒童文學學術研討會論文集	臺東師院	臺東師院	1989年5月11日	

書名	譯、著者	出版社	年代	版次
幼稚園繪本・童話教學設計	岡田正章	武陵出版社	1989年7月	
童話藝術思考	洪汎濤	千華出版社	1989年8月10日	臺灣翻印
童話學	洪汎濤	富春文化事業公司	1989年9月	臺北第一版
童話的世界	相沢博	久大文化	1990年6月	
童話寫作研究	陳正治	五南圖書出版公司	1990年7月	
二歲小孩會讀童話書	陳素珍、蔡燈鍬編	大唐出版社	1991年5月	
作文小百科（童話篇）	黃登漢	正生出版社	1992年1月	

一九四五年以來臺灣童話論述書目並序

一　書影

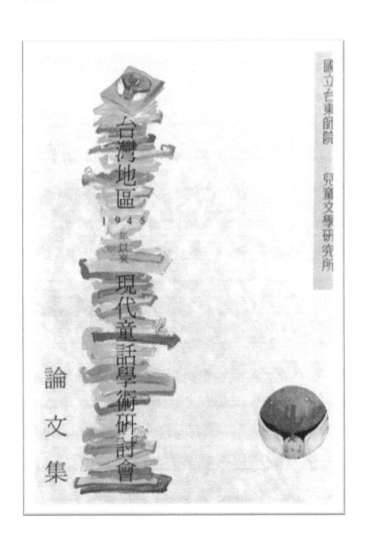

二　序文

　　中國新時期兒童文學，自發生的源頭來說，並非是本土的自我發展或內發性的；反之，可說是緣於外力促逼而生，亦即是外發性的。它的出現是傳統的解組，它是整個新文化運動的一環。

　　而中國傳統的解組，是始於十九世紀帝國主義堅船利砲的轟擊。時間是一八三九至一八四二年，事件是中英的鴉片戰爭，並於一八四二年簽訂南京條約。這種外力的挑戰，激發且產生了巨大深刻的結構的形變。

　　曾國藩、李鴻章、張之洞等人的自強運動，是中國現代化運動的第一個階段。它是在「一種無限的精神的委屈」（見1974年10月臺灣學生書局三版唐君毅《中國人文精神的發展》，頁169）下開始的。中國傳統的解組與現代化是中國在西方的「兵臨城下」，人為刀俎，我為魚肉的劣勢下被逼而起的自強運動，這是中國有史以來所受最大的屈辱。故中國現代化運動，實際也是一雪恥圖強的運動。

　　一般來說，真正的兒童文學運動是伴隨著「五四」運動才開始發展起來的。且從近代的文獻資料中，我們可以了解，中國近代許多著名的啟蒙思想家都曾留心於兒童文學。因此新時代兒童文學的發展與通俗文學、國語等推廣活動息息相關。

（一）

　　至於臺灣地區兒童文學的發展，亦與中國地區兒童文學的發展頗為相似。

　　臺灣在光復之前，民間的口傳文學、啟蒙教材、日本的兒童文學、中國的兒童文學，是構成臺灣兒童文學的四大資源。

　　一九三七年的中日戰爭，一九四一年的太平洋戰爭，對臺灣的兒

童文學是負面的影響。首先，中國兒童文學的資訊中斷。其次日本因為全面投入大規模戰爭而出現資源的枯竭。兒童文學的活動也陷入了停滯。再次，臺灣受戰爭的影響，民生凋敝，知識界對兒童文學的關懷因而冷卻。

一九四五年光復，中國大陸卻開始陷入國、共之爭的動亂。至於一九四九年十二月七日國民黨政府遷臺。當時到臺灣來的中國知識界分子頗多。海峽兩岸兒童文學工作者的第一次結合終於形成。遂也因此形成了海峽兩岸兩種不同的發展。然而臺灣光復初期兒童文學的發展，亦猶似中國五四時期兒童文學的發展，亦皆與通俗文學、國語的推廣活動有關。臺灣地區兒童文學的發展，洪文瓊在〈1945-1990年臺灣地區兒童文學發展之觀察〉一文（見《（西元1945～1990年）華文兒童文學小史》一書，頁5-18）裡，認為真正的成長是始於一九七一年。他稱一九七一至一九七九年為現代兒童文學的「成長期」。因為一九七一年臺灣省教育廳國校教師研習會開辦「兒童讀物寫作班」，這一年也正好是中華民國退出聯合國。而一九七九年臺灣各縣市正式籌建文化中心，且是年元旦美國正式跟中華民國斷交。這時期的臺灣文學，最值得重視的是在臺灣完整受教育的年輕一代開始成為臺灣兒童文學創作、編輯的第一線尖兵，他們不但是現代臺灣兒童文學的開拓者，同時也是臺灣新文化的傳遞者。

在「現代兒童文學成長期」之前，洪文瓊稱之為「現代兒童文學萌芽期」（1964-1970）、「交替停滯期」（1946-1963）。而林良在〈臺灣地區45年來兒童文學發展（1945-1990）〉（見《（西元1945～1990年）華文兒童文學小史》一書，頁1-4）一文中則稱為「翻譯運動」（六十年代前後）、「懷舊運動」（光復後的第一個十年），至於一九八〇年後則進入爭鳴且多元發展的時期。

（二）

　　童話是兒童文學的主流，是成人特別為兒童講述的故事。在臺灣地區的兒童文學發展與演進中，童話是最常見，也是最主要的文類。洪文瓊認為交替停滯期（1946-1963）「較多的作品是民間故事或古籍改寫，以及教訓意味頗濃的生活故事性童話」（頁14）；而在萌芽期（1964-1970）、「可以說是譯介時期、作品則以童話為主流。」（頁14）

　　在交替停滯期的童話，從寫作的人數及作品質量來看，就童話的發展而言，是屬於幼苗階段。

　　這一階段的出版社，除了翻印大陸早期的作品，如臺灣商務印書館的《小學生文庫》五百冊等等外，大部分印行的是外國的童話。這個時期的童話，差不多仍是國王、王子、公主等性質的古代童話。

　　一九六四年是臺灣經濟發發展起飛的年代，童話也隨之蓬勃發展起來。相關的因素有：

　　一九六〇年九月，全省各師範院校，由本學年度開始逐年改制為五年制師專。「兒童文學研究」列為語文組選修課程。

　　《小學生》雜誌公開徵求童話作品，引起不少作者的全力投入。並於一九六六年出版三本童話創作。（一本是嚴友梅的《小仙人》，一本是蘇樺的《小黃雀》，一本是陳相因等人合著的《小野貓》。）

　　一九六四年六月，臺灣省教育廳成立兒童讀物編輯小組，由彭震球擔任總編輯，出版了中華兒童叢書，其中有不少童話作品。

　　一九六五年十二月，國語日報選譯《世界兒童文學名著選輯》第一輯出版。（至一九六九年計出十二輯，每輯十冊。）又朱傳譽翻譯了《小豬與蜘蛛》等名著。引進歐美高水準兒童文學作品，有提升國內童話作家的眼界和寫作技巧。

　　一九七一年五月三日至二十九日，板橋國校教師研習會首次舉辦「兒童讀物寫作研習班」，徵調全國對兒童文學寫作有心得的國小老師，給予四星期的專業訓練，培育了二十七位寫作人才。由於培育的效果良好，國校教師研習會又連續開辦了十一期。

　　一九七四年四月四日，財團法人洪建全教育文化基金會正式設置「洪建全兒童文學創作獎」。首屆分為少年小說、童話、兒童詩、圖畫故事四類。

　　在童話的發展與演進中，由於省教育廳的提倡，及國語日報、師專教授、國小教師的推動。再加上政府與民間機構對童話的獎勵。遂使自一九四五年以來作為童話主流的「教育童話」，在八十年以後有了轉變。

　　一般說來，在現代兒童文學成長期（1971-1979），最值得重視的是在臺灣受完整教育的年輕一代開始成為現代兒童文的開拓者，同時也是臺灣新文化的傳遞者。在七〇年代裡，是中小企業的成長期，卻是政治、思想的浪潮，其間影響較為深遠的有；

　　　　退出聯合國（1971年10月25日）。
　　　　與日本斷交（1972年8月29日）。
　　　　第一次石油危機（1973年11月）。
　　　　蔣中正去世（1975年4月5日）。
　　　　蔣經國時代（1975-1988年）。
　　　　周恩來（1976年1月8日）、毛澤東（1976年9月9日）去世。
　　　　美麗島事件（1979年12月10日）。
　　　　與美國斷交（1979年12月31日）。

　　七〇年代政治方面，雖然是一個風雨飄搖的年代。但卻喚起了自

覺。此時臺灣新文化已逐漸孕育而成，並向外擴散，自我意識與本土意識也隨而對外關係的挫折而迅速成長。

八〇年以降，臺灣的工業化，促使臺灣的經濟再度飛騰，而跨國經濟、文化的殖民依舊，外加臺灣的戒嚴解除，開放前往大陸探親。在在皆促使有識者自我與本土等現代意識的生長。因此臺灣地區的童話逐漸從實用、說教的範疇掙脫出來，並回歸文學，回歸兒童。於是，遊戲童話、環保童話，心理童話、宗教童話……呈現多元化的探索。至九〇年代的後現代，更是多采、詭異與迷惑。

（三）

臺灣兒童文學研究似乎仍是處於摸索期。雖然童話的是兒童文學的主流。但有關童話的研究與論述，仍然是不多。

其間，最值得注意的是一九六五年兒童節，出版了一本《兒童讀物研究》的理論書。書中介紹不少有關童話創作的知識。第二年五月，又出版了《兒童讀物研究第二輯——童話研家》。這兩本理論書的出現，指引了不少有志從事童話研究與創作的人。而在此時期，師專開設有「兒童文學」的課，由於教學需要，各師專教授「兒童文學」課的教授，也發表了不少有關於童話理論的文章。其中，林守為有《童話研究》（1970年11月自印本）的專著。這是臺灣第一本有關於童話的個人著作。這本書介紹了童話的基本認識，童話與兒童的關係，英、日、美、法、意、德、俄等國家的童話發展與作家、作品情形，童話名著的欣賞，童話的寫作與講述，明日的中國童話等。

有關童話的論述，其間較為熱絡的可以說是始自《國語日報》的〈兒童文學週刊〉（1972年4月2日）的專欄。《中國語文》月刊、各師院的學報號人及《教育輔導》月刊、臺灣各省市師院每年舉辦的「兒童文學學術研討會」的論文，也有部分童話的理論文章。至於理論專

書，目前僅見於陳正治，傅林統、蔡尚志、李麗霞四人而已。

　　概言之，臺灣有關童話之論述，可說相貧乏，非但外來論述專著不足，甚至連大陸學者論述亦有限。雖然近一、二年以來，有些多元的論述引進，但基本上這些書尚不足稱之為童話的典範論著。這是有志於童話寫作或研究者（或稱之為兒童文學寫作或研究者）理當深思的課題。

　　由於個人頗重視史料或文獻之收集與整理，加上這次研討會主題是臺灣的童話。是以對臺灣出版之有關童話的史料或文獻略加整理。自一九四五年以來臺灣的創作童話，應該尚未超過一五〇〇種[1]。至於以中文書寫的論述更是寥寥無幾。因此，本文所收錄的論述書目，除學位論文外，其純度頗為不是。既不足以學術術語稱之，亦構不成專論。於是，有民間故事[2]與傳記相關書目之收錄。

1　有關臺灣本土童話書目，請參見：陳正治〈中華民國近二十五年童話創作書目〉，見1989年7月幼獅文化公司出版，洪文瓊主編《兒童文學童話選集》附錄，頁323-341。陳正治〈童話簡介與國人童話作品〉，見1989年2月《華文世界》，頁9-14。陳正治〈臺灣四十年來的童話發展〉（上、下），見《中國語文》月刊405期，頁45-50、406期，頁41-44。並見《東師語文學刊》各期中拙著之兒童文學年度書目。

2　民間故事亦有屬童話者，亦可參見拙著〈臺灣民間故事書目—並序〉，文見1992年《東師語文學刊》第五期，頁217-307。

三　書目（依出版先後為序）

（一）學位論文

1. 《小川未明童話與安徒生童話之比較》　邱慎著　文化大學日本所 1983年

2. 《格林童話中文譯文之研究》　胡榮蓮著　文化大學西洋文學所 1986年

3. 《宮澤賢治試論──以其童話作品為中心》　謝妙玟著　淡大日文 所　1986年

4. 《中、日兩國兒童文學之對照研究──以「浦島太郎」和「龍宮奇 遇記」為論說之中心》　張美雲　東吳日文所　1988年

5. 《從文化歷史文化觀點看童話：試讀〈小紅斗蓬〉》　古佳豔著 臺大外文所　1990年

6. 《海涅詩作〈德意志・冬天的童話〉中對照效應及其組成要素之探 討》　魏榮貴　輔大德文所　1991年

7. 《小川未明童話研究》　許嘉宜著　文化大學日本所　1991年

8. 《中國古代童話研究》　朱莉美著　文化大學中文所　1992年

（二）專論書目

1. 《兒童讀物研究第2輯》　林良等著　小學生雜誌社　1966年5月

2. 《童話研究》　林守為著　臺南師專　1970年11月

3. 《日本童話文學研究》　邱淑蘭著　名山出版社　1978年1月

4. 《童話與兒童研究》　松村武雄著　新文豐出版公司　1978年9月

5. 《集郵票看童話》　宇平著　臺灣省政府教育廳　1980年11月

6. 《小朋友寫童話》　陳正治編　國語書店　1982年2月

7.《中國民間童話研究》　譚達先著　木鐸出版社　1982年6月

8.《中國動物故事研究》　譚達先著　木鐸出版社　1982年6月

9.《臺灣民間文學研究》　施翠峰著　自印本　1982年8月

10.《童話的智慧上、下》　吳當著　金文圖書公司　1984年12月

11.《兒童的文學創作》　洪中周編著　浪野出版社　1985年5月

12.《臺灣民譚探源》　施翠峰著　漢光文化公司　1985年5月

13.《怎樣寫兒童故事》　寺村輝夫著　陳宗顯譯　國語日報附設出版部　1985年10月

14.《安徒生傳》　Rumer Godden 著　嚴心梅譯　中華日報社　1986年9月

15.《兒童文學創作班講義（一）（二）　國語日報語文中心　1986年12月

16.《兒童文學創作班講義（三）》　國語日報語文中心　1987年3月

17.《兒童文學創作班講義（四）》　國語日報語文中心　1987年5月

18.《中國古代音樂故事與傳說》　本社編輯室編著　開拓出版公司　1987年6月

19.《兒童文學創作班講義（五）》　國語日報語文中心　1987年8月

20.《狄斯耐──全世界人跟著他笑》　黛安娜・狄斯耐・米勒著　楚茹譯　北辰文化公司　1987年8月

21.《兒童文學創作班講義（六）》　國語日報語文中心　1988年1月

22.《童話的理論與作品賞析》　陳正治著　市北師國教輔導書　1988年6月

23.《中國民間童話研究》　譚達先著　臺灣商務印書館　1988年8月臺初版

24.《中國動物故事研究》　譚達先著　臺灣商務印書館　1988年8月臺初版

25.《兒童文學學術研討會論文集》　臺東師院　1989年5月

26.《幼稚園繪本‧童話教學設計》　　岡田正章等監修　武陵出版社
　　1989年7月

27.《童話藝術思考》　洪汛濤著　千華出版社　1989年8月

28.《童話學》　洪汛濤著　富春文化事業公司　1989年9月

29.《童話的世界》　相尺博著　久大文化公司　1990年6月

30.《童話寫作研究》　陳正治著　五南圖書出版公司　1990年7月

31.《二歲小孩會讀童話書》　陳惠珍、蔡燈鍬編　大唐出版社　1991
　　年5月

32.《作文小百科（童話篇）》　黃登漢著　正生出版社　1992年1月

33.《小小童話選》　陳正治編　親親文化事業公司　1992年9月

34.《認識童話》　林文寶編　中華民國兒童文學學會　1992年11月

35.《童話的世界》　相尺博著　萬象圖書公司　1993年

36.《科學童話研究》　李麗霞著　先登出版社　1993年

37.《童話之王──迪斯耐（迪斯耐世界的開創者）》　大森民戴原著
　　趙之正編譯　先見出版公司　1993年3月

38.《觀念玩具──蘇斯博士與新兒童文學》　楊茂秀、吳敏而著　遠
　　流出版事業公司　1993年6月

39.《如何教寶寶讀童話書》　陳惠珍、蔡燈鍬編　世茂出版社　1993
　　年12月

40.《童詩童話比較研究論文特刊》　海峽兩岸兒童文學研究會　1994
　　年5月

41.《中國本土童話鑑賞》　陳蒲清著　駱駝出版社　1994年6月

42.《那個叫安徒生的男孩》　伊‧穆拉約娃原著　胡影萍改寫　天衛
　　文化圖書公司　1994年6月

43.《和小星說童話》　駱以軍著　幾米圖　皇冠文學出版公司　1994
　　年11月

44.《日文版與中文版「小紅帽」的比較研究》　吳淑琴著　傳文出版
　　社　1994年11月

45.《世界童話史》　葦葦著　天衛文化圖書公司　1995年1月

46.《臺灣鄉土的神話與傳說》　施翠峰著　彰化縣立文化中心　1995
　　年6月

47.《我說故事給你聽》　李彩鑾著　交通部郵政總局　1995年7月

48.《兒童的故事指導》　鄭明進著　世界文物出版社　1995年9月

49.《一千零一夜──女人的新童話》　姚若珊著　碩人出版公司
　　1996年2月

50.《新新人類・老老故事》　愛莉斯・蔻博原著　林瑞永譯　大鴻圖
　　書公司　1996年4月

51.《同志童話》　Peter Cashorali 著　景翔譯　開心陽光出版公司
　　1996年5月

52.《鐵約翰──一本關於男性啟蒙的書》　羅勃・布萊著　譚智華譯
　　張老師文化事業公司　1996年6月

53.《童話創作的原理與技巧》　蔡尚志著　五南圖書出版公司　1996
　　年6月

54.《美麗的水鏡──從多方位深究童話的創作及改寫》　傅林統著
　　桃園縣立文化中心　1996年6月

55.《誰喚醒了睡美人》　伊林・費屆著　陳貞吟譯　世紀書房　1996
　　年7月

56.《超越英雄──成人的童話故事》　Allan B. Chinen M.D.著　陳芝
　　鳳譯　新苗文化事業公司　1996年9月

57.《跟童話交朋友上、下》　黃博基著　國語日報　1996年10月

58.《美夢成真──華德狄斯奈傳奇》　理查・葛琳、凱撒琳・葛琳著
　　安紀芳譯　絲路出版社　1996年11月

59.《醜女與野獸──女性主義顛覆書寫》　Barbara G. Walker 著　薛興國譯　智庫出版社　1996年12月

60.《神聖故事》　查理‧辛普金森、安‧辛普金森編　賴惠辛譯　雅音出版公司　1997年5月

61.《白雪公主的復仇》　梁瀨光世著　呂紹鳳譯　尖端出版公司1997年6月

62.《中外童話音樂欣賞》　金裕眾、戴逸如著　丹青圖書公司　未印出版年月

62.《名人偉人傳記全集3──安徒生》　梁實秋主編　名人出版社未印出版年月

國小詩歌教學書目並序

一　書影

　　在臺灣，指導兒童寫詩，要以黃基博老師為最早，時間是在一九七〇年左右。而後，由於《童謠傑作選集》的發現，證明早在一九三〇年以前就有兒童寫詩（該書一九三〇年出版）。

　　成人專為兒童寫詩歌，則始於一九五〇年，由楊喚自己默默的寫作開始。

　　至於兒童詩歌蔚為風尚，當是一九七一年以後的事。

　　至於七十學年度，臺灣省教育廳指示各縣市國民教育輔導團加強中小學詩歌朗誦教學，以涵養德性，變化氣質，於是詩歌教育始步入普遍的推廣。

　　所謂兒童詩歌教學，是包括古體詩、兒童詩歌，其間當然也少不了新詩。

　　檢視詩歌教學，雖然呈現一片蓬勃的氣象，但令人引以為憂的地方也頗多，其間的癥結，或許是緣於對詩歌本身缺乏正確的認識，於是古體詩僅流於背誦和唱，而對於兒童詩歌，仍有多數人懷著存疑與觀望。是以所謂詩歌教學僅是一片叫好的聲浪而已。

　　詩歌教學者，如果能對詩歌本身有所了解，如本質、特質、形式、格律與語言等，則教學自能有事半功倍之效。同時也必須對兒童發展的趨向有深刻的了解（此部分於本文不論），否則教授到某一階段以後，會有不知所措與無力感出現。更重的是我們要了解，詩歌教學當以語言本身為主體。

　　據上述理由，試列國小詩歌教學書目。書目分舊體詩、新詩、兒童詩歌及朗誦四大類，每大類又分論述與選集兩目。論述部分以文學知識和理論為主。選集是為入門者而設想，選集讀得夠了，便可讀別集。其間古體詩選集初宜選精細讀，而選本必擇其最佳者，如唐宋詩，高步瀛注的《唐宋詩舉要》仍是選擇最精、注釋最詳的一本。至於《唐詩三百首》，本不足以為學詩根柢，但因頗為流行，且故鄉版

《唐詩新葉》，頗具當代詮釋的特色，可作為導讀的參考。而詞、曲所列不多，蓋本書目以詩歌為主。有心者可循序漸進，但論述部分仍列有詞曲文學知識的參考書。至於專為兒童閱讀的古體詩選集，僅列二種。嚴友梅《兒童讀唐詩》，首開兒童選讀唐詩之風，至今十餘年如一日。而張水金的《少年詩詞欣賞》則取其涵蓋面廣，且通俗流行。目前市面上為兒童出版的古體詩選集，何止二十種，但有編選觀點者不多。教學者宜注意選用。又曾見胡懷琛《新詩研究》一書裡，曾列有寫新詩者應讀的書，其中有今人所選古人詩部分，要皆以白話為主，試列如下：

白話唐詩七絕百首	蒲薛鳳選
歷代女子白話詩選	應文嬋選
白話宋詩七絕百首	凌善清選
白話宋詩五絕百首	凌善清選
白話唐宋古體詩百首	凌善清選
唐人白話詩選	胡懷琛選
歷代白話詩選	胡懷琛選（信誼書局，《詩學研究》）

如果單就語言的角度而言，以上白話詩選頗有參考的價值。

　　新詩部分，可先看羅青的《從徐志摩到余光中》，至於選集，如爾雅版《七十一年度詩選》，因屬年度選，不列入書目，教學者亦可參考。

　　兒童詩歌部分，就論述而言，首推林鍾隆。今人有關歌謠論述列入兒童詩歌類，蓋取其近鄰關係。至於選集，要皆以有附解說者為主。其中《小朋友欣賞童詩》，是小朋友寫出他們的讀詩心得與感想。

　　至於朗誦，是指教學方法之應用。據語文心理學的研究，中國及日本的小孩在初學文字時，比較難達到形→音轉換的自動化，因此需要借助朗讀來增強學習，而遺憾的是的我們對朗誦並沒有多少研究。且目前皆流行所謂的唱。一般說來，臺灣舊詩朗誦的被重視，當是始於邱燮友教授的編採，至目前為止，仍以他的成果最有價值。

　　以上所列國小詩歌教學書目，教學者如果能循此細讀，自能登堂入室，以為教學指引要津，同時兼備鑑賞之功。

　　試列所開書目如下：

二　舊詩

（一）論述

1.《中國文學發展史》　劉大杰著　華正書局
2.《中國文學與文學家》　張健著　時報出版公司
3.《中國文學的發展概述》　王夢鷗等著　中央文物供應社
4.《中國文學概論》　洪順隆譯　成文出版社
5.《中國詩學》（分設計篇、思想篇、考據篇、鑑賞篇四冊）　黃永
　　武著　巨流圖書公司
6.《中國詩學》　劉若愚、杜國清譯　幼獅出版公司
7.《中國詩哲學的探究》　徐哲萍著　德華出版社
8.《古典詩的形式結構》　張夢機著　尚友出版社
9.《詩學》（上下）　張正體著　商務人人文庫
10.《詞學今論》　陳弘治著　文津出版社
11.《曲學例釋》　汪經昌著　中華書局
12.《詩詞曲韻總檢》　盧元駿編　正中書局

13.《中國詩律研究》　王力著　文津出版社

14.《孟玉詞譜》（三冊）　沈英名著　正中書局

（二）選集

1.《全漢三國晉南北朝詩》　丁福保編輯　藝文印書館

2.《樂府詩集》　郭茂倩編　里仁書局

3.《古詩源箋注》　沈德潛輯　王蒓父箋註　華正書局

4.《民間歌謠集》　朱雨尊編　世界書局

5.《古謠諺》（上下）　杜文瀾編　世界書局

6.《唐宋詩舉要》　高步瀛編注　學海出版社

7.《唐詩新葉》（唐詩三百首）　故鄉出版社

8.《新譯宋詞三百首》　汪中註譯　三民書局

9.《元曲三百首箋》　羅忼烈著　文光出版社

10.《唐宋詞名作析評》　陳弘治著　文津出版社

11.《兒童讀唐詩》（一～五）　嚴友梅著　大作出版社

12.《少年詩詞欣賞》　張水金著　國語日報社

三　新詩

（一）論述

1.《現代中國詩史》　王志健著　臺灣商務印書館

2.《五十年來的中國詩歌》　葛賢寧、上官予編　正中書局

3.《六十年來新詩之發展》（見《六十年來之國學》之五）　邱燮友著　正中書局

4.《中國新詩風格發展論》　高準著　華岡出版社

5.《現代詩的欣賞》　周伯乃著　三民文庫

6.《現代詩導讀》　張漢良、蕭蕭著　故鄉出版社

7.《從徐志摩到余光中》　羅青著　爾雅出版社

8.《現代詩入門》　蕭蕭著　故鄉出版社

9.《新詩賞析》　楊昌年著　文史哲出版社

（二）選集

1.《六十年詩歌選》　正中書局

2.《青青草原》　落蒂編著　青草地出版社

3.《中學生白話詩選》　蕭蕭、楊子澗編著

4.《新詩評析一百首》　文曉村著　布穀出版社（後又由黎明文化出版公司出版）

5.《小詩三百首》（二冊）　羅青編　爾雅出版社

6.《中國新詩選》　林明德等　長安出版社

7.《中國新詩賞析》（三冊）　林明德等五人　長安出版社

8.《剪成碧玉葉層層》（現代女詩人選集）　張默編　爾雅出版社

9.《感月吟風多少事》（現代百家詩選）　張默編　爾雅出版社

四　兒童詩歌

（一）論述

1.《怎樣指導兒童寫詩》　黃基博著　自印

2.《兒童詩研究》　林鍾隆著　益智書局

3.《兒童詩歌欣賞與指導》　基隆市國民教育輔導團

4.《兒童詩觀察》　林鍾隆著　益智書局

5.《兒童詩欣賞與創作》　洪中周著　益智書局

6.《兒童詩論》　徐守濤著　東益出版社

7.《兒童詩的理論與發展》　許義宗著　自印

8.《兒童詩教學研究》　陳清枝著　南投水里鄉民和國小

9.《兒童詩指導》　林鍾隆著　快樂兒童週刊社

10.《詩歌教學研究》　臺北市教育局印

11.《兒童詩歌欣賞與指導》　謝沐霖等編著　臺灣國家書店

12.《童詩教室》　傅林統著　作文出版社

13.《我也寫一首詩》　陳傳銘著　高雄市十全國小

14.《中國歌謠》　朱自清著　世界書局

15.《中國歌謠論》　朱介凡著　中華書局

16.《中國兒歌》　朱介凡著　純文學出版社

17.《童謠探討與賞析》　馮輝岳　國家出版社

18.《童謠童詩的欣賞與吟誦》　許漢卿著　臺灣省教育廳編印

19.《童詩開門》（三冊）　陳木城等編著　錦標出版社

20.〈兒童詩歌研究〉　林文寶著　《東師學報》第9期　頁265-397

21.〈臺灣兒童詩的回顧──39-71年　林煥彰著　《中外文學》十卷
　　12期（1982年5月，頁58-82）

（二）選集

1.《兒童詩》（1、2）（洪建全兒童文學獎作品集）　洪建全教育文化
　　基金會印行

2.《兒童詩選讀》　林煥彰編　爾雅出版社

3.《北海道兒童詩選》　林鍾隆編譯　巨人出版社

4.《小學生詩集》　陳千武編選　學人文化事業公司

5.《兒童詩的欣賞》　藍祥雲編譯　國語書店

6.《媽媽的眼睛》　林建助著　德華出版社

7.《童年的夢》　林煥彰著　光啟出版社

8.《我愛兒童詩》　蔡清波編著　愛智圖書公司

9.《童詩欣賞》　陳傳銘編著　高雄十全國小

10.《季節的詩》　林煥彰編選　布穀出版社

11.《母鴨帶小鴨》　洪中周指導　布穀出版社

12.《國小兒童讀童詩》（第一集）　林樹嶺編著　金橋出版社

13.《小朋友欣賞童詩》　陳佳珍編著　中友文化出版公司

14.《黃基博童年詩》　黃基博著　太陽城出版社

15.《兒童詩欣賞》　陳進孟編著　野牛出版社

16.《種子加油》（海山國小兒童詩選集）　布穀出版社

五　朗誦

（一）論述

1.《朗誦研究論文集》　簡鐵浩編　香港嵩華出版事業公司

2.《文學與音律》　謝雲飛著　東大圖書公司

3.《詩文聲律論稿》　啟功著　明文書局

4.《朗誦與國文教學之研究》　羅首庶編著　環球書局

5.《語文通論》（正續論合訂本）　郭紹虞著

6.《中國詩律之研究》　工力著　文津出版社

7.《詩論》　朱光潛　正中書局

8.《葡萄園詩刊》（朗誦詩專號）64期　1978年9月

（二）有聲教材

1.《唐詩朗誦》

2.《詩葉新聲》

3.《唐宋詞吟唱》

4.《散文美讀》　以上四種皆錄音帶兩卷　邱燮友編採　東大圖書公司出版

5.《中國詩歌朗讀示例》（錄音帶一卷）　張博宇編寫　板橋研習會

6.《小朋友讀童詩》（錄音帶一卷）　華一書局

7.《兒童唐詩吟唱集》（錄音帶一卷）　無缺點出版社

8.《中國詩詞吟唱》（唐詩部分）（錄音帶八卷）　許漢卿指導　華一音樂視聽中心

9.《中國詩樂之旅》（錄音帶十卷）　幼福文化事業公司

10.《唐宋詞古唱錄音二卷》　李勉　成功大學中文系

一九四九年以來臺灣有關兒童詩歌論述書目

一　書影

兒童文學學術研討會論文集

台灣區省市立師範學院七十六學年度

主辦單位：台灣省政府教育廳
協辦單位：台灣區省市立師範學院
承辦單位：台灣省立台中師範學院
時　　間：民國七十七年五月廿七日

二　圖書

1.《中國兒歌的研究》　劉昌博著　自印本　1953年7月

2.《怎樣指導兒童寫詩》　黃基博著　臺灣文教出版社　1972年11月　全書四十一頁

3.《兒童詩歌欣賞與指導》　王元福、王光彥編著　基隆市教育輔導團　1975年5月

4.《兒童詩研究》　林鍾隆著　益智書局　1977年1月

5.《怎樣指導兒童寫詩》　黃基博著　太陽城出版社　1977年11月（將黃著臺灣文教出版社之版本增訂為二三九頁）

6.《中國兒歌》　朱介凡編著　純文學出版社　1977年12月

7.《童詩研究》　李吉松　吳銀河著　高市七賢國小　1978年6月20日

8.《兒童詩論》　徐守濤著　東益出版社　1979年1月

9.《兒童詩的理論及其發展》　許義宗著　中山學術文化基金會獎助出版　1979年7月

10.《兒童詩教學研究》　陳清枝著　作者自印　1980年3月

11.《寫給青少年的新詩評一百首》　文曉村編著　1980年4月　本書自1981年3月　改由黎明文化出版社印行

12.《中學生白話詩選》　蕭蕭、楊子澗等編撰　故鄉出版社　1980年4月

13.《臺灣兒歌》　廖漢臣著　省政府新聞處　1980年6月

14.《兒童詩畫論》　陳義華著　北市萬大國小　1980年9月

15.《兒童詩指導》　林鍾隆著　快樂兒童週刊社　1980年11月

16.《海浪的聲音》　布穀鳥兒童詩畫評審委員會編選　布穀鳥出版社　1981年2月

17.《童詩教室》　傅林統著　作文月刊社　1981年3月

18.《兒童詩選讀》　林煥彰編著　爾雅出版社　1981年4月

19.《青青草原（現代小詩賞析）》　　落蒂編著　青草地雜誌社　1981
年4月

20.《兒童詩畫曲教學研究》　　黃玉幸、王麗雪著　臺南市喜樹國小
1981年12月

21.《童詩欣賞》　陳傅銘編著　高市十全國小　1982年1月再版

22.《我也寫一首詩》　陳傅銘著　高市十全國小　1982年2月

23.《兒童詩欣賞與創作》　洪中周著　益智書局　1982年3月

24.《兒童詩歌欣賞與指導》　謝沐霖等編　臺灣國語書店　1982年5月

25.《詩歌教學研究》　北市西門國小　臺北市教育局　1982年5月

26.《母鴨帶小鴨》　洪中周指導　布穀出版社　1982年6月

27.《季節的詩》　林煥彰編著　布穀出版社　1982年6月

28.《童謠童詩的欣賞與吟誦》　許漢卿著　臺灣省教育廳　1982年6月

29.《童詩教室》　吳麗櫻著　臺中師專附小　1982年6月22日

30.《我愛兒童詩（一）》　蔡清波編著　愛智圖書公司　1982年8月

31.《我愛兒童詩（二）》　蔡清波編著　愛智圖書公司　1983年7月

32.《我愛兒童詩（三）》　蔡清波編著　愛智圖書公司　1984年7月

33.《兒童詩欣賞》　陳進孟著　野牛出版社　1982年8月

34.《兒童詩觀察》　林鍾隆著　益智書局　1982年9月

35.《兒童詩學引導》　陳傅銘編著　華仁出版社　1982年9月　合前
《童詩欣賞》、《我也寫一首詩》二書而成套書　其中《我也寫一首
詩》分成（1）、（2）兩書

36.《兒童詩歌欣賞習作》　呂金清著　自印本　1982年10月

37.《童謠探討與欣賞》　馮輝岳著　國家出版社　1982年10月

38.《小朋友欣賞童詩》　陳佳珍編著　中友出版公司　1982年12月

39.《國小兒童讀童詩》（第一集）　林樹嶺編著　金橋出版社　1983
年2月（已出版六集）

40.《國小兒童詩欣賞》　林樹嶺主編　金橋出版社　1983年2月

41.《種子加油》　龍柳柳主編　布穀出版社　1983年4月

42.《童詩開門》（三冊）　陳木城等著　錦標出版社　1983年4月

43.《兒童詩寫作與指導》　杜榮琛著　臺灣省教育廳編印　1983年6月

44.《兒童詩歌欣賞》　楊秋生著　企鵝圖書公司　1983年6月

45.《牽著春天的手》　林煥彰文　好兒童教育雜誌社　1983年9月

46.《快樂的童詩教室》　林仙龍著　民生報社　1983年11月

47.《春天》　陳清枝編著　宜蘭縣清水國小　1983年12月

48.《兒童的笑臉》　洪中周、洪志明編　浪野出版社　1984年2月

49.《童詩病院》　陳傅銘著　高市十全國小　1984年3月

50.《布穀歡唱》　葉清源指導　黃雙春評析　布穀出版社　1984年4月

51.《詩歌初啼》　北縣莒光國小　1984年5月

52.《兒童詩的創作與教學》　郭成義主編　全文圖書公司　1984年6月

53.《中國兒歌研究》　陳正治著　親親文化事業公司　1984年8月

54.《童詩叮叮噹》　邱雲忠編著　惠智出版社　1985年2月

55.《童詩創作引導略論》　黃文進著　復文圖書公司　1985年6月

56.《葡萄要回家（兒童詩選欣賞一）》　桂文亞主編　民生報社
　　1985年7月

57.《宇宙的圖畫（兒童詩選欣賞二）》　桂文亞主編　民生報社
　　1985年7月

58.《如何寫好童詩》　趙天儀編著　欣大出版社　1985年7月

59.《大家來寫童詩》　趙天儀編著　欣大出版社　1985年7月

60.《兒童詩的欣賞與創作》　陳義男編著　野牛出版社　1985年7月

61.《兒童詩歌的原理與教學》　宋筱蕙著　作者自印　1986年1月28日

62.《童詩賞析》　蔡榮勇編著　中師附小　1986年5月

63.《試論兒童詩教育》　林文寶著　臺灣省教育廳　1986年5月

64.《童詩的祕密》　陳木城著　民生報社　1986年5月

65.《童詩的欣賞與創作》　吳嘉恭著　中縣瑞豐國小　1986年5月

66.《和詩牽著手》　洪中周文、黃雙春詩　作者自印　1986年6月

67.《童詩上路》　陳文和著　自印本　1986年11月

68.《童詩天地》　張月環編著　欣大出版社　1987年1月

69.《拜訪童詩花園》　杜榮琛著　蘭亭書店　1987年6月（由原臺灣省教育廳出版之「兒童詩寫作與指導」增版印行）

70.《遨遊童詩國度》　林清泉著　現代教育出版社　1987年10月

71.《教小朋友寫童詩》　陳東和編著　光田出版社

楊喚研究資料初編

一　書影

　　楊喚雖短命早逝，但在臺灣兒童文學的開路工作中，他卻是個重
要的工程師。個人曾有《楊喚研究》之作，計有：緒論、楊喚的生
平、楊喚的著作、楊喚的寂寞與愛、楊喚的《童話城》、楊喚對兒童
文學的見解、楊喚的兒童詩等七章，全文約有十萬字。今就收錄資料
彙集為〈楊喚研究資料初編〉，一者共襄「作家與作品」之專輯；再
者以期拋磚引玉，望博雅君子能補不足之處。來函請寄臺東市臺東師
院語文教育系本人收。

二　專書

1. 《風景》　楊喚著　現代詩社　1954年9月
2. 《楊喚詩集》　楊喚著　光啟出版社　1964年9月
3. 《童話詩》（共十八首）　楊喚遺作　見1966年5月小學生雜誌社《兒童讀物研究第二輯》《童話研究》　林良〈童話詩人：楊喚〉一文之附錄　頁225-240
4. 《楊喚遺簡》　歸人編註　見1966年9月起《新文藝月刊》126期至1967年135期（其間128期未刊）
5. 《楊喚詩簡集》　常效普主編　普天出版社　1969年2月
6. 《楊喚書簡》　歸人編註　霧峯出版社　1969年9月
7. 《楊喚書簡》　歸人編註　光啟出版社　1975年4月
8. 《水果們的晚會》　楊喚著　純文學出版社　1976年12月
9. 《夏夜》　楊喚著　偉文圖書公司　1979年5月
10. 《楊喚詩簡集》　楊喚著　曾文出版社　1984年8月再版
11. 《楊喚全集》（兩冊）　歸人編　洪範書店　1985年5月

三　期刊論文

1.〈楊喚遺稿〉　楊喚　見1954年5月《現代詩》第6期　頁44-45

2.〈生死之間〉　墨人　見1954年5月《現代詩》第6期　頁46

3.〈只見過一面的朋友〉　季薇　同上　頁46-47

4.〈悼楊喚〉　李春生　同上　頁47

5.〈火車又長鳴而過〉　李莎　同上　頁48

6.〈哭楊喚〉　孫家駿　同上　頁48

7.〈論楊喚的詩〉　覃子豪　見1954年9月9日公論報6版　並收存於
　　1954年9月現代詩社《風景》　《風景》1964年9月改由光啟社發
　　行，增訂易名為《楊喚詩集》　本文見光啟本，頁121-127。原文
　　原刊1954年藍星詩週刊　並見1968年5月《覃子豪全集》冊二〈論
　　現代詩〉第二輯　頁387-390

8.〈天才詩人的解剖〉　斯泰斗　見1960年幼獅文藝2、3月合刊本

9.〈楊喚的〈風景〉〉　司徒衛　見1960年6月　幼獅書店《書評續
　　集》　頁17-22　並見於1979年7月成文出版社《五十年代文學評
　　論》　頁33-38

10.〈楊喚的生平〉　葉泥　見光啟版《楊喚詩集》　頁128-143

11.〈童話詩人──楊喚〉　林良　見1966年5月小學生雜誌社《兒童
　　讀物研究》第二輯　頁211-240

12.〈評〈楊喚詩集〉〉　夏秋　見1966年12月《中國一周》第867期
　　頁26

13.〈二十五歲而不憂鬱的詩人──楊喚淺談〉　張錦滿　見1967年3
　　月12日《大拇指周報》

14.〈楊喚和他的詩〉　李元貞　見1967年12月《新潮》16期　頁38-
　　61　並收存於1979年5月牧童版「文學論評──古典與現代」　頁
　　66-101

15.〈飽和點〉（以二十四歲為例）　覃子豪　見1968年5月《覃子豪全集》冊二〈論現代詩〉第一輯　頁251-253

16.〈遲來的輓歌——寫在楊喚逝世十五週年〉　王璞　見1969年7月《幼獅文藝》187期　頁153-157　並收存於光啟本《楊喚書簡》頁231-237

17.〈無聲的悲悼——憶青年詩人楊喚〉　吳自甦　原載《人生》七卷10期　今收於1969年1月商務版《人文學社與文化復興》　頁125-127

18.〈簡介楊喚的詩〉　柯慶明　見1970年12月雲天出版社《萌芽的觸鬚》　頁111-114

19.〈關於楊喚的〈夏夜〉〉　張孟三　見1974年3月3日國語日報《兒童文學週刊》99期

20.〈啊！楊喚——寫在楊喚逝世三十週年〉　欣厚　見1974年3月3日國語日報《兒童文學週刊》99期

21.〈楊喚的兩首詩（詩人、詩）　羊令野　見1974年3月《青年戰士報》

22.〈濺了血的童話——綠原作品初探〉　瘂弦　原刊1974年3月《創世紀》32期　並附有：綠原詩選、綠原佳句選摘、天才詩人的解剖（斯泰斗）本文今收存於1981年1月洪範書店《中國新詩研究》頁91-97

23.〈讀楊喚的兒童詩〉　悅玲　見1974年11月24日國語日報《兒童文學週刊》137期

24.〈詩裡的世界——評論楊喚的兒童詩〉　張寶三　見1975年6月《臺中師專青年》56期　頁19-20

25.〈愛者與戰士〉　憶明　見1976年3月22日《青年戰士報詩隊伍》，〈水果們的晚會〉的序　林良　見1976年12月26日國語日報《兒童

文學週刊》245期

26.〈楊喚的兒童詩──談楊喚兒童詩集〈水果們的晚會〉　趙天儀　原文刊於1977年2月《幼獅文藝》　今收存於1985年1月純文學出版社　夏祖麗編《風簷展書讀》　頁583-587

27.〈楊喚〈黃昏〉〉　陳黎　見1979年7月《掌門詩刊》第三期

28.〈垂滅的星〉　張漢良　見1979年11月故鄉出版社《現代詩導讀》（導讀一）　頁136-138

29.〈童話詩及其他〉　蘇樺　見1980年2月24日國語日報《兒童文學週刊》407期

30.〈檳榔樹〉　文曉村　見1980年4月布穀出版社《新詩評析一百首》上冊　頁103-105

31.〈夏夜〉　文曉村　同上　下冊　頁379-384

32.〈楊喚的〈垂滅的星〉〉　羅青　見1980年12月爾雅出版社《從徐志摩到余光中》　頁123-128

33.〈楊喚（小蜘蛛，失眠夜）〉　劉龍勳　見1981年4月長安出版社《中國新詩賞析》　頁281-285

34.〈閃亮的星〉　吳當　見1982年6月《臺東師專附小研究報告》第七期　頁95-117

35.〈論楊喚的詩〉　龔顯宗　見1982年8月鳳凰城圖書公司《廿卅年代新詩論集》　頁265-282

36.〈臺灣兒童詩的路標〉　林鍾隆　見1982年9月益智書局《兒童詩觀察》　頁81-86

37.〈楊喚〉　楊昌年　見1982年9月文史哲出版社《新詩賞析》　頁390-396

38.〈楊喚的〈水果們的晚會〉〉　趙天儀　見1983年7月16日商工日報〈北迴歸線〉

39.〈Ｙ、Ｈ　你在那裡？Ｙ、Ｈ　你在這裡〉　林佛兒　見1983年9月
《臺灣詩季刊》第二期　頁46-50

40.〈楊喚的「小螞蟻」〉　李瑞騰　見1984年1月21日《中央日報》

41.〈Ｙ、Ｈ　你在那裡？──詩人楊喚的故事〉　王璞　見1984年3月6
日《聯合報》8版

42.〈讀楊喚「給你寫一封信」〉　舒蘭　見1984年3月7日《商工日報
副刊》

43.〈念楊喚、唱楊喚〉　林武憲　見1984年3月20日《中央日報》10版

44.〈春天在哪兒呀！〉　吳正吉　見1984年6月復文出版社《活用修
辭》　頁306-308

45.〈楊喚詩集〉　展甦　見1984年10月　林雙不編　前衛版《改變中
學生的書》　頁155-161

46.〈夏夜〉　吳正吉　見1984年10月14日國語日報　今收存於1987年
6月文津出版社《文章賞析》　頁6-10　又1984年6月復文出版社
《活用修辭》　頁300-301、306-308亦皆有短論

47.〈析楊喚的「失眠夜」〉　陳冠華　見1985年2月19日《商工日報》

48.〈楊喚的苦惱〉　包文正　見1985年12月8日國語日報《兒童文學
週刊》705期

49.〈楊喚「夏夜」詩的賞析〉　楊如晶　見1986年3月《國文天地》
第十期　頁89-91

50.〈楊喚詩集〉　苦苓　見1986年10月晨星出版社《老師，有問題》
頁159-162

51.〈從楊喚逝世到風景出版〉　紀弦　見1954年9月現代詩社《風
景》　《風景》1964年9月改由光啟出版社發行　並增訂易名為
《楊喚詩集》　本文見光啟本　頁158-160

52.〈楊喚詩集序〉　紀弦　見光啟版《楊喚詩集》　頁3-5

53.〈祭詩人楊喚文〉　紀弦　見1956年10月大業書店《新詩論集》頁125-126

54.〈楊喚的遺著「風景」〉　紀弦　同上　頁116-124

55.〈楊喚逝世十週年祭〉　紀弦　見1964年2月《現代詩》45期

56.〈楊喚論──當代詩人論之一〉　紀弦　見1967年6月《南北笛季刊》第2期　頁1-4

57.〈憶詩人楊喚〉　歸人　見光啟版《楊喚詩集》　頁144-154

58.〈舐犢之情〉　歸人　見1972年12月經緯出版社《煙》　頁141-144

59.〈楊喚的童話詩〉　黃守誠　見1976年2月光啟出版社《文學初探》　頁166-176

60.〈楊喚的生活與文學〉　歸人　原刊於1970年4月《花蓮師專學報》第一期　頁109-116　又刊於1970年8月《幼獅文藝》第200期今收存於大林出版社《跨跡》　頁117-134　並見於1979年12月四版光啟出版社《楊喚書簡》　頁9-29

61.〈「楊喚書簡」後記〉　歸人　見1979年12月四版光啟社《楊喚書簡》　頁245-249

62.〈楊喚的一個側影〉　黎芹　見1982年11月光啟出版社《哥哥的照片》　頁112-124

63.〈楊喚的書簡藝術〉　黎芹　見1983年9月《臺灣詩季刊》第二期頁44-45

64.〈楊喚詩集八版校訂後記〉　黃守誠　見1984年1月13日版光啟本《楊喚詩集》　頁161-164

65.〈中國兒童文學的開拓者──關於楊喚遺作〉　歸人　見1985年3月7日《聯合報》8版

66.〈楊喚全集前記〉　歸人　見1985年5月洪範書店《楊喚全集》頁1-31　並有附錄〈懷念楊喚〉　頁509-545　各文皆為他書附錄之文，故不重列

67.〈二十四歲〉　蕭蕭　見1979年11月故鄉出版社《現代詩導讀》（導讀一）　頁133-135

68.〈細說楊喚的「夏夜」〉　蕭蕭　見1980年10月26日國語日報《兒童文學週刊》442期、1980年11月2日443期、1980年11月9日444期，並收存於1980年4月　故鄉出版社《中學白話詩選》　頁330-338

69.〈童話詩的先驅——楊喚〉　蕭蕭　見1980年4月故鄉出版社《中國白話詩選》　頁158-171　其間並解說〈二十四歲〉一詩

70.〈楊喚〉　蕭蕭　見1982年2月故鄉出版社《現代詩入門》　頁73-74

71.〈談楊喚的「美麗島」莫渝　見1978年4月4日《布穀鳥兒童詩學季刊》第1期　頁29-31

72.〈楊喚的童話世界——兼談他的四首動物詩〉　魯蛟　同上　頁32-35

73.〈楊喚與米爾思〉　向明　同上　頁36-41

74.〈楊喚兒童詩補遺〉　林武憲提供　見1980年7月7日《布穀鳥詩學季刊》第二期　頁14-15

75.〈欣賞楊喚的毛毛是個好孩子〉　徐守濤　同上　頁52-55

76.〈用聲音寫的詩——談楊喚的「小蟋蟀」〉　洪志明　見1980年10月10日《布穀鳥詩學季刊》第3期

77.〈愛心、和諧、幸福——談楊喚的「家」〉　林仙龍　見1983年1月1日《布穀鳥詩學季刊》第4期　頁46-48

78.〈談楊喚的「春天在哪兒呀」——兼論形象在童詩中的重要性〉　向明　見1981年4月4日《布穀鳥詩學季刊》第5期　頁51-54

79.〈從楊喚的心態談「水果們的晚會」〉　林加春　見1981年7月7日《布穀鳥詩學季刊》第6期　頁257-260

80.〈快樂、安詳、幸福的森林樂園——談楊喚「森林的詩」宋熹　見
　　1981年10月10日《布穀鳥詩寫季刊》第7期　頁51-53

81.〈童詩的教育性——兼談楊喚的兩首詩〉　吳當　見1983年1月1日
　　《布穀鳥詩學季刊》第12期　頁53-55

82.〈從楊喚的「花」談起〉　歸人　見1974年5月《中華文藝》　頁
　　74-76

83.〈讀「楊喚詩集」與「楊喚書簡」後感——一位獻身兒童的詩人〉
　　李師鄭　見1975年6月10日《臺灣新生報》

84.〈探討楊喚童話詩裡的世界〉　掌杉　見1976年5月《詩人季刊》
　　第五期　頁13-16

85.〈析楊喚童話詩〉　趙迺定　見1979年8月《笠詩刊》74期　頁69-
　　72

86.〈關於楊喚答客問〉　林文煌專訪　黎芹作答　見1982年11月高雄
　　縣仁武國中《仁中青年》14期　頁91-99

87.〈春天在哪兒呀——楊喚童詩析賞〉　吳當　見1988年4月《國文
　　天地》　頁86-87

大陸兒童文學作品在臺出版實錄

一　書影

二　在臺出版書目

　　自從一九八七年十一月，政府開放民眾赴大陸探親以來，海峽兩岸開始步入民間交流階段。全面推動民間交流，是國統綱領近程階段的重點，而各項交流中，又以文化交流最不具政治色彩，爭議性最少。

　　在文化交流中，兒童文學亦不落其他文化項目之後。雖然，曾有有關兩岸兒童文學是否交流之爭，尤其是一九九一年四月份，《中華民國兒童文學學會會訊》七卷二期刊載邱傑〈玄奘、張騫、吳三桂、林煥彰〉一文，引發交流之爭議，但一九九二年以後，似乎再無爭議，亦即皆肯定交流之必要。但對大陸輸入臺灣的兒童文學作品，則仍有對大陸的過度依賴、社會主義思想的入侵、打壓臺灣兒童文學作家等質疑。本節擬就一九八七至一九九六年之間，有關大陸兒童文學作品在臺出版的數量，依單冊與套書兩類以見實徵。

（一）單冊

大陸兒童文學作品在臺出版之單冊書

書名	作者	出版社	日期	開數	頁數	文類
中國古代寓言史	陳浦清	駱駝出版社	1987年8月	24	333	論述
敦煌故事： 九色鹿 大意舀海 夾子救鹿 蓮花夫人	嚴霽 葉迅風改寫 興華改寫 何真改寫	臺灣東華書局	1989年4月	21 21 21 21	17 16 16 20	圖畫書
童話藝術思考	洪汛濤	千華出版社	1989年8月	24	259	論述
兒童詩初步	劉崇善	千華出版社	1989年8月	24	151	同上

書名	作者	出版社	日期	開數	頁數	文類
童話學	洪汎濤	富春文化事業公司	1989年9月	24	461	同上
兒童文學	祝士媛編訂	新學識文教出版中心	1989年9月	24	327	同上
中國傳統兒歌選	蔣風編	富春文化事業公司	1989年9月	24	286	兒歌
優良兒童故事精選	冰波等	謙謙出版社	1989年12月	32	257	故事
第一次拔牙	任大霖	信誼基金出版社	1990年2月	17×18.5	24	圖畫書
阿寶的大紅花	顏煦之	信誼基金出版社	1990年3月	17×18.5	24	圖畫書
小巴掌童話	張秋生	民生報社	1991年4月	17.5×21	233	童話
特別通行證	周銳	民生報社	1991年4月	17.5×21	92	童話
一百個中國孩子的夢（一）、（二）、（三）	董宏猷	國際少年村出版社	1991年6月	新25	253 254 251	小說
老鼠看下棋	吳夢起	九歌出版社	1992年2月	24	181	小說
第三軍團（上、下）	張之路	國際少年村出版社	1992年2月	新25	232	小說
大個兒周銳寫童話	周銳	民生報社	1992年4月	17.5×21	191	童話
中國神話史	袁珂著	時報文化出版公司	1992年5月	24	518	歷史
小木匠學手藝	劉明	信誼基金出版社	1992年6月	20.5×22	25	圖畫書
搭船的風	郭風	業強出版社	1992年8月	新25	134	散文

書名	作者	出版社	日期	開數	頁數	文類
肉肉狗	萬巍	民生報社	1992年10月	17.5×21	261	童話
帶電的貝貝	張之路	國際少年村出版社	1992年10月	新25	299	科幻
寓言文學討論、歷史與應用	陳浦清	駱駝出版社	1992年10月	24	443	理論
千年夢	周銳等	東方出版社	1992年11月	32	229	科幻
今年你七歲	劉建屏	國際少年村出版社	1992年11月	新25	263	小說
竹鳳凰	朱效文	天衛文化圖書公司	1992年12月	新25	280	小說
老虎王哈克	沈石溪	國際少年村出版社	1993年1月	新25	280	童話
小女孩闖天下	莊之明	同上	1993年1月	新25	205	小說
怕養樹	李昆純	民生報社	1993年1月	24	168	散文
小喇叭寓言	鄭天采	民生報社	1993年3月	17.5×21	185	寓言
明月醉李白	戎林	民生報社	1993年3月	32	294	文化故事
吃彩虹的星星	桂文亞主編	民生報社	1993年4月	24	上208 下173	1992年海峽兩岸童話徵文作品集
大俠、少年、我	桂文亞主編	民生報社	1993年4月	24	上205 下243	同上（少年小說）

書名	作者	出版社	日期	開數	頁數	文類
小狗的小房子	孫幼軍	民生報社	1993年5月	17.5×21	273	童話
烏翎狐傳奇	劉慧軍	天衛文化圖書公司	1993年6月	24	240	小說
現代寓言	方崇智	國語日報社	1993年7月	24	291	寓言
冰小鴨的春天	孫幼軍	民生報社	1993年7月	17.5	178	童話
飛行船之夢（一）、（二）、（三）、（四）、（五）	林鬱企畫 斑馬、張秋林主編	國際少年村出版社	1993年7月	新25	275 219 244 250 290	合集
一隻小青蟲（大陸童話卷）	王泉根主編	民生報社	1993年8月	24	295	1993年海峽兩岸兒童文學選集
一片紅葉（大陸兒童詩卷）	金波主編	民生報社	1993年8月	24	207	1993年海峽兩岸兒童文學選集
借一百隻綿羊（臺灣童詩卷）	林煥彰主編	民生報社	1993年8月	24	237	同上

書名	作者	出版社	日期	開數	頁數	文類
吃童話果果（臺灣童話卷）	桂文亞主編	民生報社	1993年8月	24	290	同上
無姓家族	周銳	天衛文化圖書公司	1993年10月	21×21.5	133	童話
魔鬼機器人	葛冰	同上	1993年10月	21×21.5	181	科幻
傻鴨子歐巴兒	張之路	同上	1993年10月	21×21.5	145	童話
九龍闖三江	戎林	九歌出版社	1993年10月	24	130	小說
魔錶？	張之路	天衛文化出版公司	1993年10月	24	222	科幻
蛇寶石	劉興詩	同上	1993年11月	24	172	科幻
從滇池飛出的旋律	谷應	同上	1993年11月	24	240	科幻
盲童與狗	沈石溪	國際少年村出版社	1993年12月	新25	301	小說
一隻蠟鵬的遭遇	同上	同上	同上	同上	282	同上
男生賈里	秦文君	天衛文化圖書公司	1993年12月	24	204	童話
一百個好孩子的故事（上、下）	施孝文編著	童年書局	1994年1月	21×30	各100	故事
雪池菠蘿	陳曙光	九歌出版社	1994年2月	新25	142	小說
失蹤的航線	劉興詩	天一圖書公司	1994年3月	新25	355	科幻
雞毛鴨	周銳	信誼基金出版社	1994年3月	24	64	幼兒童話

書名	作者	出版社	日期	開數	頁數	文類
雞毛鴨抓笨小偷	周銳	同上	1994年3月	同上	同上	同上
雞毛鴨過生日	周銳	同上	1994年3月	同上	同上	同上
膽小獅特魯魯	冰波	信誼基金出版社	1994年3月	19.5×26.5	33	圖書故事
小響馬	吳夢起原著 張文哲改寫	天衛文化圖書公司	1994年3月	24	240	小說
科學童話（四冊）	謝武彰主編	愛智圖書公司	1994年4月	24	179 171 171 179	童話
童詩童話比較研究論文特刊		中國海峽兩岸兒童文學研究會	1994年5月	16		兩岸兒童文學學術研究會論文集
中國本土童話鑑賞	陳蒲清	駱駝出版社	1994年6月	24	673	童話鑑賞
空箱子	張之路	民生報社	1994年6月	新25	234	小說
小樹葉童話	金波	世一書局	1994年6月	16	上42 下43	幼兒童話
紅蜻蜓	冰波	同上	同上	16	上44 下41	同上
金鞋	魯兵	同上	同上	同上	43	同上
頂頂小人	同上	同上	同上	同上	41	同上
紅葫蘆	曹文軒	民生報社	1994年7月	新25	274	小說

書名	作者	出版社	日期	開數	頁數	文類
山羊不吃天堂草（上）、（下）	同上	同上	同上	同上	268 205	小說
重返家園	陳曙光	九歌出版社	1994年7月	新25	155	小說
偷夢的妖精	劉興詩	天衛文化出版公司	1994年8月	新25	167	童話
辛巴達太空流浪記	同上	同上	同上	新25	209	科幻
櫻桃城	黃一輝	同上	同上	新25	159	童話
狼王夢	沈石溪	民生報社	1994年9月	新25	278	小說
懲罰	張之路	民生報社	1994年9月	新25	278	小說
家有小丑	秦文君	九歌出版社	同上	新25	280	小說
少年鄭成功（上）、（下）	徐翔	漢光文化公司	1994年9月	24	425	歷史小說
漫畫創作寓言： 猴子煮西瓜 換膽記 瞎子打架 偵探與小偷	謝武彰主編	愛智圖書公司	1994年9月	24	155 155 155 155	寓言
讀歷史話英雄（上）、（下）	馬允倫	國語日報社	1994年9月	24	上 210 下 196	故事
爸爸菸城歷險記	彭懿	天衛文化圖書公司	1994年10月	24	149	童話
第七條獵狗	沈石溪	民生報社	1994年10月	24	304	小說

書名	作者	出版社	日期	開數	頁數	文類
給我海闊天空	張忠華	海風出版社	1994年11月	新25	215	同上
包公趕驢	魯兵	民生報社	1994年11月	24	233	故事
狗洞	同上	同上	同上	同上	227	同上
少女的紅髮卡	程瑋	國際少年村出版社	1994年12月	24	253	小說
埋在雪下的小屋	曹文軒	同上	同上	同上	317	同上
恐龍醜八怪	金逸銘	天衛文化出版社	同上	同上	171	童話
霧中山傳奇	劉興詩	小魯文化版社	1995年1月	24	169	童話
聰明的傻瓜蛋	方崇智	建新書局	同上	同上	111	寓言
仙境拾寶	方崇智	同上	同上	同上	115	同上
魔性兄弟	同上	同上	同上	同上	172	同上
帖之謎	張成新	天衛文化公司	同上	同上	224	小說
大史詩（1）三分之二的神	周銳	時報文化出版社	1995年1月	24	164	同上
大史詩（6）格薩爾王傳奇	何群英	同上	同上	同上	246	小說
大史詩（8）尼伯龍根的寶藏	秦文君	時報文化出版社	1995年1月	24	218	小說
大史詩（12）伊格爾遠征記	夏有志	同上	同上	24	192	同上

書名	作者	出版社	日期	開數	頁數	文類
世界童話史	韋葦	天衛文化公司	1995年1月	24	424	歷史
飛奔吧！黃耳朵	屠佳	九歌出版社	1995年2月	24	166	小說
飛翔的恐龍蛋	馮傑	九歌出版社	1995年2月	24	180	小說
我能愛妳像妳愛我那樣嗎？	陳亭	信誼基金出版社	1995年2月	19.5×26.5	27	圖畫書
小豬唏哩呼嚕	孫幼軍	民生報社	1995年3月	17.5×21	258	童話
啊嗚喵	周銳	信誼基金出版社	1995年5月	24	61	童話
啊嗚喵當大俠	周銳	同上	同上	同上	63	童話
童話節	武玉桂	天衛文化公司	1995年5月	24	174	童話
哼哈二將	周銳	民生報社	同上	17.5×21	126	童話
十四歲的森林	童宏猷	國際少年村出版社	1995年6月	24	508	小說
大漠藍虎	鹿子	天衛文化公司	1995年9月	24	367	小說
梨子提琴	冰波	民生報社	同上	24	226	童話
躲在樹上的雨	張秋生	民生報社	同上	24	183	同上
金海螺小屋	金波	同上	同上	24	203	同上
魔衣	南天	業強出版社	1995年9月	新25	186	科幻
十三歲的深秋	黃虹堅	九歌出版社	1995年9月	24	157	小說
采石大戰	戎林	天衛文化公司	1995年10月	24	256	小說

書名	作者	出版社	日期	開數	頁數	文類
保母蟒	沈石溪	民生報社	1995年11月	24	155	小說
再被狐狸騙一次	沈石溪	同上	同上	24	165	小說
五百字故事	馬允倫	國語日報社	1995年11月	24	309	故事
山野稚子情	余存先	小兵出版社	1996年1月	19.5×20.5	161	故事
吃爺	葛冰	民生報社	1996年2月	24	220	武俠
蜃帆	周銳	國語日報社	1996年3月	24	75	童話
拔河馬比賽	張秋生		1996年4月	24	248	童話
將軍和跳蚤	樊發稼	民生報社	1996年5月	24	245	寓言
開心女孩	秦文君	民生報社	1996年6月	24	254	小說
兩本日記	莫劍蘭	九歌出版社	1996年7月	24	188	小說
阿高斯失蹤之謎	盧振中	九歌出版社	1996年7月	24	147	小說
冬天裡的童話	馮傑	九歌出版社	1996年7月	24	151	小說
小辮子精靈	張秋生	文經社	1996年7月	24	159	童話
少年	曹文軒	民生報社	1996年7月	24	217	散文
小熊貓開餐廳	鄧小秋	國語日報	1996年7月	21×29	184	科學童話
我的小馬	吳然	民生報社	1996年8月	24	265	散文
太陽鳥	喬傳藻	民生報社	1996年8月	24	234	散文
豬老闆開店	常瑞	文經出版公司	1996年9月	24	141	童話
蘋果小人兒	金波	文經出版社	1996年12月	24	127	童話
一個哭出來的故事	張之路	民生報社	1997年1月	24	234	童話
我從西藏高原來	畢淑敏	民生報社	1997年2月	24	219	散文

書名	作者	出版社	日期	開數	頁數	文類
寫給兒童的好散文	謝武彰編著	小魯文化公司	1997年3月	24	191	散文
沒勁	班馬	民生報社	1997年3月	24	248	小說
戈爾登星球奇遇記	陳曙光	九歌出版社	1997年4月	24	154	科幻
天吃星下凡	周銳	育昇文化公司	1997年4月	24	160	童話
木偶人水手	郭風	育昇文化公司	1997年4月	24	154	童話
九十九年煩惱和一年快樂	張秋生	育昇文化公司	1997年4月	24	158	童話
氣功大師半撇鬍	彭懿	育昇文化公司	1997年4月	24	166	童話
大空金字塔	葛冰	育昇文化公司	1997年4月	24	172	童話
沒有鼻子的小狗	孫幼軍	育昇文化公司	1997年4月	24	159	童話
皮皮逃學記	莊大偉	育昇文化公司	1997年4月	24	155	童話
大樹王、大鳥王和大蟲王	李仁曉	育昇文化公司	1997年4月	24	160	童話
火龍	冰波	育昇文化公司	1997年4月	24	158	童話
壞蛋打氣筒	武玉桂	育昇文化公司	1997年4月	24	160	童話
阿古登巴的故事	陳慶英	蒙藏委員會	1997年6月	24	95	蒙藏兒童民間故事叢書
江格爾	史習成	蒙藏委員會	1997年6月	24	95	同上

書名	作者	出版社	日期	開數	頁數	文類
成吉思汗的故事	支水文	蒙藏委員會	1997年6月	24	95	同上
獨角大仙	孫迎	民生報社	1997年6月	24	225	童話
成丁禮	沈石溪	民生報社	1997年8月	24	211	小說
紅紅罌粟花——兒童版鴉片戰爭	戒林	小魯文化公司	1997年9月	24	240	小說
狼妻	沈石溪	國語日報社	1997年9月	24	231	小說
女孩子城來了大盜賊	彭懿	天衛文化公司	1997年10月	24	149	童話
牧羊犬阿甲	沈石溪	光復書局	1997年10月	24	235	故事
愛情鳥	沈石溪	光復書局	1997年10月	24	229	故事
洪荒少年	朱效文	小魯文化公司	1997年11月	24	221	小說
三角地	曹文軒	民生報社	1997年12月	24	286	小說
五線譜先生	葛競	民生報社	1997年12月	24	228	童話
影子人	金波	民生報社	1997年12月	24	204	童話
生死平衡	王晉康	小魯文化公司	1997年12月	24	251	小說

（二）套書

大陸兒童文學作品在臺出版之套書

套書	編著者	出版社	日期	開數	冊數	文類
中國民間傳說系列		開拓出版社	1987年6月	32k	6	
中國民間故事		智茂文化公司	1988年3月		12	

套書	編著者	出版社	日期	開數	冊數	文類
節日故事	荊其柱、童欣改寫	臺灣東華書局	1989年5月	17.5×19	10	
中國民間故事全集	陳慶浩、王秋桂主編	遠流出版社	1989年6月	24k	40	
中國少數民族民間文學叢書故事大系		王家出版社	1989年	24k	10	
中國民間寓言故事		智茂文化公司	1989年	18×21	12	
幼兒文學館		光復書局	1990年	20×22	10	
中國動物傳奇		光復書局	1990年5月	16k	15	
四季兒歌	謝武彰主編	孩子王圖書有限公司	1990年5月	23×22	12	
幼兒文學寶庫		光復書局	1990年11月	20×22	5	
中國創作畫庫		企鵝圖書公司	1991年4月	16k	20	
動物童話故事叢書		啟思文化公司	1991年	24k	12	
中國民間故事全集		人類圖書文化總代理	1991年	26×27	66	
青少年百科全書		謙謙出版社	1991年6月-10月	24k	20	
中國童話經典名作	余治瑩總編輯	臺灣少年兒童出版社	1991年8月	20×21	12	
中國神怪故事大觀	任大霖主編	臺灣東華書局	1991年9月	24k	6	
給孩子們的傳說系列		永詮出版公司	1992年5月	菊8k	56	

套書	編著者	出版社	日期	開數	冊數	文類
彩繪中國故事集	徐國樑總策畫	護幼文化公司	1992年7月	26.5×21.5	10	
好孩子的榜樣	王佩香主編	大眾書局	1992年11月	24k	12	
童話萬花筒		臺南世一書局	1992年12月		40	
中國創作童話	葛翠琳主編	光復書局	1993年1月	8k	30	
流傳在雲鄉的故事		永詮出版公司	1993年4月	菊8k	10	
兒童智慧百科全書	王佩香主編	大眾書局	1993年5月	24×17.5	21	
兒童版啟蒙白話讀本		智茂文化公司	1993年7月	24k	18	
媽媽講故事叢書		水牛出版社	1994年1月	24k	20	
中華兒童智慧文庫		國際少年村	1994年7月-9月	25k	20	
中國文學圖畫書		臺南世一書局	1994年8月	16k	20	
故事版資治通鑑		天衛文化公司	1995年1月	24k	20	
兒童版啟蒙白話讀本（二）		智茂文化公司	1995年1月	24k	20	
現代童話名作精選	鄭淵潔著	故鄉出版公司	1995年2月	17.5×23	12	
趣味故事名作精選	葛冰等著	故鄉出版公司	1995年2月	17.5×23	12	

套書	編著者	出版社	日期	開數	冊數	文類
中國童話故事精選集		尖端出版公司	1995年2月	16k	16	
童年新故事	張瑤華主編	童年書局	1995年10月	30×21.5	30	

三　小結

　　海峽兩岸的交流，實際上漫長且緩慢，自一九八七年解嚴始，一九八八年林煥彰等人發起「大陸兒童文學研究會」，以研討大陸兒童文學，增進彼此的了解和交流。一九八八年十一月，有邱各容赴大陸參加現代文學史料學術研討會，於上海會見胡從經與洪汛濤。至一九八九年八月，「大陸兒童文學研究會」會長林煥彰及成員曾西霸、李潼、謝武彰、陳木城、杜榮琛、方素珍等七人，首次以兒童文學工作者的身分踏上大陸進行交流活動。至一九九八年三月十二日（至四月一日，為期十八天），始有重慶市西南師範大學中文系教授王泉根，透過臺東師院兒童文學研究所向國科會申請同意，以來臺短期訪問與講學。其間，所謂的交流，要皆以「大陸兒童文學研究會」、「中國海峽兩岸兒童文學研究會」、聯合報系等民間團體為主。

　　至於，所謂在臺出版的大陸兒童文學作品，亦無想像中的嚴重。

參考書目

1.《（西元1945年～1990年）華文兒童文學小史》　洪文瓊策劃主編　中華民國兒童文學學會　1991年5月

2.《（西元1945年～1990年）兒童文學大事紀要》　洪文瓊策劃主編　中華民國兒童文學學會　1991年6月

3.《我國兒童文學的演進與與展望》　許義宗著　自印本　1975年12月

4.《兒童文學史料（1945～1989）初稿》　邱各容著　富春文化事業公司　1990年8月

5.《臺灣兒童文學史》　洪文瓊著　傳文文化事業公司　1994年6月

附錄　文章出處一覽表

	篇名	出處	頁數	發表時間
1	好書書目——兒童文學入門必讀	《海洋兒童文學》1	33-35	1983年4月
2	兒童讀物超級市場（1983年1月-3月）	《海洋兒童文學》1	46-50	
3	兒童讀物超級市場（1983年4月-7月）	《海洋兒童文學》2	21-28	1983年8月
4	兒童讀物超級市場（1983年8月-11月）	《海洋兒童文學》3	29-35	1983年12月
5	兒童讀物超級市場（1983年12月-1984年3月）	《海洋兒童文學》4	41-49	1984年4月
6	兒童讀物超級市場（1984年4月-7月）	《海洋兒童文學》5	39-45	1984年8月
7	兒童讀物超級市場（1984年8月-11月）	《海洋兒童文學》6	42-48	1984年12月
8	兒童讀物超級市場（1984年12月-1985年3月）	《海洋兒童文學》7	53-59	1985年4月
9	兒童讀物超級市場（1985年4月-7月）	《海洋兒童文學》8	31-36	1985年8月
10	兒童讀物超級市場（1985年8月-11月）	《海洋兒童文學》9	48-52	1985年12月
11	兒童讀物超級市場（1985年12月-1986年3月）	《海洋兒童文學》10	41-48	1986年4月

	篇名	出處	頁數	發表時間
12	兒童讀物超級市場（1986年4月-7月）	《海洋兒童文學》11	52-56	1986年8月
13	兒童讀物超級市場（1986年8月-11月）	《海洋兒童文學》12	53-58	1986年12月
14	兒童讀物超級市場（1986年12月-1987年3月）	《海洋兒童文學》13	74-79	1987年4月
15	臺灣兒童文學論述譯著書目（1949-1988）	《東師語文學刊》第2期	217-229	1989年6月
16	臺灣童話論述書目並序	《認識童話》（中華民國兒童文學學會）	156-158	1992年11月
17	一九四五年以來臺灣童話論述書目並序	《臺灣地區（1945年以來）現代童話學術研討會論文集》	277-290	1998年3月
18	國小詩歌教學書目並序	《海洋兒童文學》2	34-40	
19	一九四九年以來臺灣有關兒童詩歌論述書目	臺灣區省市立師範學院76學年度《兒童文學學術研討會論文集》	245-247	1988年5月
20	楊喚研究資料初編	《中華民國兒童文學學會會訊》第4卷第2期、第3期	二期頁22-23　三期頁39-40	1988年4月　1988年5月
21	大陸兒童文學作品在臺出版實錄	《兒童文學家》季刊22期	19-31	1997年9月

國家圖書館出版品預行編目（CIP）資料

兒童文學與書目. 二 / 林文寶著 ; 張晏瑞主
編. -- 初版. -- 臺北市：萬卷樓圖書股份
有限公司, 2021.12
    面 ；　公分. --（林文寶兒童文學著作集.
第二輯）
ISBN 978-986-478-581-0（全套）
ISBN 978-986-478-574-2（第二冊：精裝）

1.兒童文學 2.兒童讀物 3.目錄

    863.099　110021564

林文寶兒童文學著作集　第二輯　書目編
兒童文學與書目（二）

作　者　林文寶
主　編　張晏瑞

出　版　萬卷樓圖書股份有限公司
發行人　林慶彰
總經理　梁錦興
總編輯　張晏瑞
聯　絡　電話 02-23216565　　　傳真 02-23944113
　　　　網址 www.wanjuan.com.tw
　　　　郵箱 service@wanjuan.com.tw
地　址　106 臺北市羅斯福路二段 41 號 6 樓之三
印　刷　百通科技股份有限公司
初　版　2021 年 12 月
定　價　新臺幣 12000 元　全套八冊精裝　不分售
ISBN　978-986-478-581-0（全套）
ISBN　978-986-478-574-2（第二冊：精裝）